精選

希臘羅馬神話

陶潔　李淑言　丁少良　李志昌　選譯

商務印書館

精選希臘羅馬神話

選　　譯：陶潔　李淑言　丁少良　李志昌

責任編輯：吳一帆

封面設計：涂　慧

出　　版：商務印書館（香港）有限公司

　　　　　香港筲箕灣耀興道 3 號東滙廣場 8 樓

　　　　　http://www.commercialpress.com.hk

發　　行：香港聯合書刊物流有限公司

　　　　　香港新界大埔汀麗路 36 號中華商務印刷大廈 3 字樓

印　　刷：盈豐國際印刷有限公司

　　　　　香港柴灣康民街 2 號康民工業中心 14 樓

版　　次：2019 年 3 月第 1 版第 1 次印刷

　　　　　© 2019 商務印書館（香港）有限公司

　　　　　ISBN 978 962 07 5813 3

　　　　　Printed in Hong Kong

目　錄

前言

（一）

　　討論希臘羅馬神話首先要了解甚麼是神話。然而，給神話下定義並非易事。即使是專門從事神話研究的學者對“神話”一詞的含義也有不同的看法。羅斯（H. J. Rose）説神話是“幼稚的想像力對生活中的事實進行探索的結果”。柯克（G. S. Kirk）説：“神話既是動聽的故事，又是涉及一般生活，尤其是社會中的生活的富有啟示意義的寓言。”格雷夫斯（Robert Graves）説，真正的神話是“公共節日的宗教儀式模仿舞的簡要記述，大多數情況下此等舞儀已用圖畫形式在寺廟牆壁、花瓶、印璽、碗盆、鏡、箱、盾牌、帷幕等類物體上予以記載”。這些圖解或口頭記述成為“部落、民族或城市宗教組織結構的最高權威或憲法”。文學家對神話則另有一番見解。美國文藝理論家威烈克與瓦倫（Wellek & Warren）説：“從歷史上看，神話是宗教儀式的口述部分，是儀式扮演的故事……但就廣義而言，神話係指任何無名氏編撰的講述起源和命運的故事，是社會向年輕一代提供的有關世界現實和我們行為方式的解釋,是內含教育意義的有關自然和人類命運的形象的解釋。"

綜合各家所見,我們似乎還是可以歸納出神話的一些共同特點。首先,神話是古代社會的產物,是處於蒙昧時期的原始人對客觀世界的幼稚的認識和理解。原始人不能科學地解釋世界和人類的起源,以及自然現象和社會生活中的變化,但他們又充滿強烈的好奇心,於是他們只好借助神的形象把自然力形象化、人格化。由此產生的種種神奇的解釋便是神話。

其次,神話是原始生活與原始信仰相結合的產物。神話往往與原始人的生活有密切的關係;學者們都認為洪水神話反映遠古時代的歷史事實,荷馬(Homer)史詩中記載的特洛伊戰爭(Trojan War)也確實發生過。同時,神話又往往和原始人的宗教信仰有密切的關係。野蠻人沒有力量與大自然搏鬥,便把大自然當作神來頂禮膜拜,因而產生了圖騰和拜物宗族。一般來說,雖然不是每個神話都代表一種宗教信仰,但是,一切宗教儀式模仿舞都有相應的神話故事。

第三,神話是靠人們一代代口頭相傳保存下來的。神話不是某個歷史人物創作的作品,而是世世代代講故事的人發揮想像力的結果。因此，神話沒有具體的、有名有姓的作者。另一方面，神話故事卻又個個都是實實在在、有始有末的。神話歌頌的主要對象是既有偉大神力，能征服自然、發明創造、改善人類生活，而又有血有肉，充滿七情六慾、富有人性的神與英雄。他們的業績，今人看來固是荒唐怪誕，不足為信，但對古人來說卻是有根有據、千真萬確的。

因此，神話強調事件的真實性，強調宇宙之初確有其所述的事件或狀況。它不同於童話，因為童話是虛構的，目的在於供人娛樂；它也不同於寓言或傳說，因為寓言也是虛構的，目的在於教育人，而傳說雖非虛構，卻描寫特定歷史時間內的人與事。

總之，神話可以說是原始人思想與生活的反映，是原始信仰的產物。神話既表現古代人們對宇宙事物的起因和性質的好奇心，又反映他們對自然或社會災害的畏惡，更說明他們對征服自然和追求幸福生活的渴望。正因為如此，神話不是某個民族的特有財產。世界上一切民族，無論是文明民族還是未開化的野蠻民族，都有自己的神話。細究起來，有些神話還頗有相似之處。例如，中國古代關於天地開闢的神話同古希臘同一題材的神話所述相差無幾。中國的《三五曆紀》中這樣說："天地混沌如雞子，盤古生其中，萬八千歲；天地開闢，陽清為天，陰濁為地；盤古在其中，一日九變，神於天，聖於地，天日高一丈，地日厚一丈，盤古日長一丈：如此萬八千歲，天數極高，地數極深，盤古極長。"希臘神話關於天地開闢有好幾種說法，但其中也有談到宇宙初時是混沌一片，世界呈蛋卵狀，不斷旋轉，裂為兩半，即成天地。中國神話中有女媧"摶黃土為人"的故事，希臘神話中人是由普羅米修斯用水和泥，以神為樣板創造的。當然，由於各民族的社會環境、想像力水平以及文化程度，它們的神話不可能完全一致，總是同中有異的。

一般來說，神話總包括這樣一些內容：解釋天地形成和萬物及人類起源的開闢神話；介紹諸神產生、家族宗譜、職責及彼此關係的神祇神話；描述日月星辰、風雨雷電以至山川河谷等自然界和自然現象的自然神話；探索死亡、死後靈魂歸宿和地府情況的冥世神話；說明草木鳥獸來源的動植物神話；以及關於社會習俗，如婚姻、法典、宗教儀式等方面的風俗神話。神話還有一個重要內容，就是反映古人征服自然的願望和壯舉，記述部族起源、發展以至部族戰爭的英雄神話與傳說。例如希臘神話中關於特洛伊戰爭的眾多故事就是歷史附會神話的產物。

（二）

在"人類野蠻時期的低級階段"就已經開始創造的"不是用文字記載的"希臘神話，不僅是古希臘羅馬文學的寶庫，而且對西方世界文明的發展起過極其重要的影響。

根據希臘神話，宇宙最古老的神是卡俄斯（Chaos）。卡俄斯生了厄瑞玻斯（Erebus；黑暗）及尼克特（Night；夜晚）。兄妹結合生下光亮（Light）和白日（Day）。接着穹蒼之神烏拉諾斯（Uranus）成為世界的主宰。他和大地女神該亞（Gaea）結合，生下六男六女，即十二提坦巨神（Titans）。他們還生了三個獨眼巨怪和三個百臂巨怪。據說烏拉諾斯討厭子女，把他們藏在該亞體內，不讓見天日。該亞慫恿子女造反，子女中的克洛諾斯（Cronus）用該亞造的大鐮刀閹割了烏拉諾斯，從而稱雄世界，但從烏拉諾斯的血液中生出了巨人（the Giants）和復仇三女神（the Furies）。烏拉諾斯和克洛諾斯這兩代就是希臘神話中的老神。克洛諾斯和妹妹瑞亞（Rhea）生了三男三女。他懼怕被子女推翻，因此在孩子出生時就把他們吞入腹中。瑞亞傷心已極，在小兒子宙斯（Zeus）出世前向大地母親求救，逃到克里特（Crete），把宙斯藏於洞穴，給了克洛諾斯一塊用尿布包的石頭當嬰兒。宙斯長大以後打敗克洛諾斯，迫使他把吞下去的子女重新吐出來。兄姐們感謝宙斯，推他為主神。他和兩位兄弟波塞冬（Poseidon）和哈得斯（Hades）分割世界；他掌管天，波塞冬管轄海洋，哈得斯則為冥界之王。宙斯和他的兄姐及子女形成新神，希臘神話的大部分內容都是有關新神一代的故事。

根據希臘神話，神的天府位於一座名叫奧林波斯（Olympus）的山巒之巔。常年居住在奧林波斯山的有宙斯等十位新神或大天神。他們分別為：

1. 宙斯（Zeus）：宇宙的最高主宰，奧林波斯之王。

2. 赫拉（Hera）：宙斯的姐姐和妻子，代表女性的美德和尊嚴。

3. 雅典娜（Athena）：宙斯的女兒。既喜愛軍樂與習武，又有溫柔、美麗與多思的一面。既是戰神又是智慧女神。

4. 阿瑞斯（Ares）：宙斯與赫拉的兒子，好爭鬥與屠殺的戰神。

5. 赫淮斯托斯（Hephaestus）：宙斯與赫拉的兒子，司人間火焰的火神，諸神的鐵匠。

6. 阿波羅（Apollo）：又名福波斯（Phoebus），宙斯同拉托娜（Latona）的兒子。他不僅是太陽神，而且還是音樂和詩歌的保護神。

7. 阿耳忒彌斯（Artemis）：阿波羅的孿生姐妹，狩獵女神。

8. 阿佛洛狄忒（Aphrodite）：專司女性魅力和美貌的愛和美的女神。

9. 赫耳默斯（Hermes）：奧林波斯諸神的傳令官。

10. 赫斯提亞（Hestia）：宙斯的姐姐，克洛諾斯和瑞亞的大女兒。主管天上人間一切炊火的爐灶女神。

但是，通常都説奧林波斯共有十二位大天神，其中包括宙斯的另一位姐姐、地神得墨忒耳（Demeter）和宙斯的哥哥海神波塞冬。也有些傳説不提赫斯提亞而以冥王哈得斯取而代之。

奧林波斯山上還有一些世人皆知的小天神，如阿佛洛狄忒的兒子愛神厄洛斯（Eros），青春女神兼諸神的斟酒官赫柏（Hebe），主管社會娛樂的美惠三女神（the Graces），負責文學、藝術和科學的九位繆斯（the Muses），紡人類命運之紗、控制人的生死的命運三女神（the Fates）等。

在希臘神話中，地球呈扁圓形。地球的正中點或是奧林波斯山或是以神示聞名的得爾福（Delphi）。地球被海從東到西分隔為面積相等的兩個部分。大洋河繞地球奔流，是海及地面一切河流的源泉。地球的西部邊緣大洋河岸是福地，即使凡人在那裏也享有永生的幸福。地神中除得墨忒耳外最主要的是酒神兼植物神狄俄倪索斯（Dionysus）。

希臘神話把海描繪成兩個朝代。舊朝興旺於克洛諾斯統治時期，由提坦神俄刻阿諾斯（Oceanus）和忒提斯（Tethys）創立。他們繁衍了三千條河流和無數海上神女。後來大地母親的兒子涅柔斯（Nereus）成為海洋中的長者，以預言天才、知識和對真理及正義的熱愛著稱。他的女兒和宙斯的哥哥波塞冬結為伉儷，從而聯合了海的新舊兩個朝代。海神波塞冬以海洋深處為宮殿，但高興時也以奧林波斯山為家。他除了以三叉戟主宰水域、呼喚或平息暴風雨外，還是馬匹的保護神。

古希臘大詩人荷馬的《奧德修紀》（Odyssey）告訴我們，陰曹在大洋河彼岸已知世界的極端邊緣的下方。那裏荒蕪的河岸永遠不見天日，籠罩在雲霧之中，冥國的邊界是兩條河：恐怖的、對神祇來說也神聖可畏的斯堤克斯河（Styx）以及悲愴河阿刻戎河（Acheron）。希臘悲劇家的詩歌中提到艄公卡戎（Charon）總在悲愴河岸接待亡靈，而三頭蛇尾的大狗刻耳柏洛斯（Cerberus）守衞冥王宮殿的大門，不讓亡靈逃出冥國。冥國是由宙斯的哥哥哈得斯及其妻子珀耳塞福涅（Persephone）主宰的。

希臘神話中除了許多以主神為中心的美麗而啟人遐想的故事外，還有不少關於次神的生動活潑的故事。次神除了上述奧林波斯山的小天神外，還有與地府、海域及冥國有關的神靈，如以婉轉動聽的歌聲引誘航海者走向死亡的海妖塞王（the Sirens）、冥府羣神復仇三女神、睡神（Sleep / Hypnos）或死神（Death / Thanatos）、大地母親該亞等。此外還有無數負責山水草木、星風雨虹等自然界物象的神靈，如森林之神潘（Pan）及薩堤洛斯（the Satyrs）、黎明女神伊俄斯（Eos）等。當然，希臘神話還有無數解釋鳥獸魚鱗的形狀、由來和習性的動人故事。

普羅米修斯（Prometheus）造人和為人偷取火種的故事是人們很熟悉的神話。希臘神話還把人類歷史分成各個不同的時期。黃金時代開始於克洛諾斯統治的時代，是真理和正義主宰一切的正直無邪與幸福的時代。人類進入白銀時代時，宙斯已把一年分為四季，使他們嚐到嚴寒酷暑之苦，不得不以洞穴為住所，以耕作為生。這時的人類雄偉而驕橫，宙斯因而沒有賜予永生的特權。到了青銅時代，人的稟性變得殘忍起來，動輒大興干戈。在黑鐵時代，則更是罪惡泛濫成災，真理和尊嚴消失殆盡。於是宙斯用洪水淹沒大地，毀滅世間一切人類，重新安排新人出世。新興的人類刻苦耐勞，辛勤勞作。

希臘神話包括相當一部分關於英雄的傳說。英雄們往往是神與人的後代，他們共同的特點是體魄健美，力大無窮，英勇絕倫而又品德高尚，總是能在歷盡艱險後取得勝利。他們是智勇雙全的冒險家、發展人類文明的壯士、斬妖除怪的俠客，也是威震四海的大家族的創業人。英雄們又分新老兩代。早期英雄中有力斬能把人變成石頭的女妖墨杜薩（Medusa）的珀耳修斯（Perseus）、神勇無敵地單槍匹馬完成十二項英雄業績的赫拉克勒斯（Heracles）、尋找金羊毛的伊阿宋（Jason）、雅典國家的奠基人忒修斯（Thesus）等。後期英雄們多半生活在特洛伊戰爭前後或跟特洛伊戰爭有密切的關係，如解出獅身人面女怪斯芬克斯（Sphinx）謎底、殺父娶母的俄狄甫斯（Oedipus），特洛伊戰爭中的英雄人物阿伽門農（Agamemnon）、阿喀琉斯（Achilles）、奧德修斯（Odysseus）等。英雄傳說中有的是神話化了的歷史事件，如描寫公元前十三到十二世紀古代小亞細亞的特洛伊人和希臘人的交戰的故事；有些講述遠古社會的生活，如有關冤怨相報、骨肉殘殺的阿特柔斯（Atreus）家族、堅貞不渝的奧德修斯一家的變遷；有的英雄故事反映遠古人類和大自然的鬥爭，如忒修斯殺死吃雅典童男童女的半人半牛怪物彌諾陶洛斯（Minotaurus）的神話；還有些和遠古社會的宗教有着密切的聯繫，如阿伽門農為了平息風浪把女兒伊菲革涅亞（Iphigenia）獻祭給女神阿耳忒彌斯。可以説，奇偉絢麗的希臘神話充分反映了古代希臘人對宇宙、自然界和人類社會的朦朧認識，是人類文明史上的寶貴財富。

羅馬神話在主題內容方面同希臘神話基本相同，也力圖解釋天地開闢、宇宙與人的起源、神的由來、宗教及其儀式、生與死的含義、各種自然現象等，並記述了部族英雄的探險活動。但是，羅馬神話不如希臘神話絢麗多彩。羅馬神話的特點在於突出神的力量，用象徵物來代表神，如火石是主神朱庇特（Jupiter）的象徵物，長矛是戰神瑪爾斯（Mars）的象徵等等。傳統的羅馬神大多與農牧業和家庭生活有關。主宰田野、山林和家庭宅院的次神在人民生活中的作用遠比主神要大。後來由於希臘宗教和文化的影響，羅馬人開始為神建造廟宇，賦予神以人形等。希臘

神話中的主要神祇便與羅馬傳統神相混同，被賦予同樣的
經歷和個性。有的如阿波羅在羅馬神話中沒有相應的神，
便被羅馬人全盤接受，成為羅馬神話中的神祇。於是，
羅馬神話便和希臘神話大致相同，只是諸神們有了拉丁文
名字。

（三）

　　希臘神話誕生於原始時代，流傳數千年，具有永久
的魅力。人們，尤其是巫祝、瞽師或樂工的口耳相傳，
對保存古代神話起了很大的作用。然而，古代的文學家
們起的作用更大。可以說，希臘羅馬神話是古希臘羅馬
文學藝術的源泉和土壤，古希臘羅馬文學又是後人了解
希臘羅馬神話的豐富寶藏。荷馬記述古代小亞細亞的亞
該亞人（Achaean；即古希臘人）和特洛伊人交戰攻打特
洛伊城的《伊利昂紀》（*Iliad*）以及描寫希臘軍返航途中種
種奇遇的《奧德修紀》兩部史詩包括了絕大部分的希臘神
話。赫西奧德（Hesiod）的《神譜》（*Theogony*）收集了希
臘神話中最重要的天地創造，諸神世系、親族關係等方
面的故事，是現存有關希臘神話的早期資料。其他詩人
如薩福（Sappho）歌頌阿佛洛狄忒的抒情長詩、品達羅斯

（Pindarus）的競技勝利者頌等也保存了不少的神話。遐邇聞名的希臘三大悲劇詩人埃斯庫羅斯（Aeschylus）、索福克勒斯（Sophocles）和歐里庇得斯（Euripides）流傳下來的三十四部悲劇中有三十三部是以神話為題材的。歷史學家希羅多德（Herodotus）的《歷史》（*The Histories*）收集了許多的希臘神話，阿里斯托芬（Aristophanes）的喜劇中也保存了許多神話材料。

羅馬文學深受希臘文學的影響，羅馬詩人常常取材於希臘神話。維吉爾（Virgil）的《埃涅阿斯紀》（*Aeneid*）、奧維德（Ovid）的《變形記》（*Metamorphoses*）和賀拉斯（Horace）的《歌集》（*Odes*）等都引用希臘羅馬神話，給後世研究希臘羅馬神話提供了豐富的資料和參證。

希臘羅馬神話是世界文化遺產，通過羅馬文學輸入歐洲，經過文藝復興時期，對歐洲文藝的發展起了重要的影響。神話豐富了文學藝術，卓越的文學藝術又反過來給古代神話以新的生命。西方文化正是在神話和文學藝術互相推移促進的情況下發展起來的。

從文藝復興時期開始，希臘羅馬神話在歐洲引起廣泛的注意和濃厚的興趣。詩人、文學家都紛紛以神話故事為創作素材。僅以英國文學為例，莎士比亞（Shakespeare）

曾運用希臘羅馬神話作題材寫了悲劇《特洛伊羅斯與克瑞西達》(*Troilus and Cressida*) 和長詩《維納斯與阿多尼斯》(*Venus and Adonis*)。彌爾頓 (Milton) 的《科瑪斯》(*Comus*) 詩篇不長,卻提到了三十多個希臘神話人物與故事。十九世紀英美浪漫主義詩人對絢麗多彩的希臘羅馬神話更是讚口不絕。美國大詩人惠特曼 (Whitman) 言簡意賅地說:"神話真是偉大。"英國詩人濟慈 (Keats) 寫了一首真摯感人的十四行詩,描繪他初讀荷馬史詩時的激動心情:

> ……我像在觀察星象的運行,
>
> 突然瞥見一顆新星出現,
>
> 或如克太茲盡力張大眼睛,
>
> 望見了太平 —— 而他的同行伙伴
>
> 都面面相覷,現出驚惶神情,
>
> 不敢吭聲,在達連高峰之巔。[1]

浪漫主義詩人深受希臘羅馬神話的影響,喜歡運用神話材料寫詩。雪萊 (Shelley) 的《阿波羅頌》(*Hymn of Apollo*)、《潘之歌》(*Hymn of Pan*),濟慈的《致普緒刻》

---

1 譯文引自殷寶書編譯《怎樣欣賞英美詩歌》(北京出版社,1985 年),頁 182。

（*Ode to Psyche*）至今仍是膾炙人口的歌頌神話人物的美麗詩歌。然而，詩人引用神話典故，往往不僅僅是為了神話本身的瑰麗，而是藉以寄託詩人的思想感情。他們往往借景抒情，取譬言志，抒發憂憤，針砭時弊。濟慈以凡人恩底彌翁和月亮女神的戀愛故事為題材創作的《恩底彌翁》（*Endymion*），表達了他對至善至美的愛情與幸福的追求。雪萊的《阿多尼斯》（*Adonaïs*）藉維納斯的情人阿多尼斯為野豬殘殺的神話表達他對濟慈的悼念。希臘羅馬神話所描述的古人不屈服於命運的頑強意志，以及神和英雄們以超人的力量和大自然進行的不屈不撓的鬥爭，都激勵了浪漫主義詩人，啟發了他們的遐想；浪漫詩人的詩歌又賦予古老的神話以新的生命。雪萊、拜倫（Byron）、朗費羅（H. W. Longfellow）等詩人都曾作詩謳歌為人類偷取火種的普羅米修斯。在拜倫筆下，普羅米修斯確實凜凜有生氣，成為反抗壓迫、堅忍不拔的意志和力量的化身。雪萊的詩劇《解放了的普羅米修斯》（*Prometheus Unbound*）塑造了這位不屈的鬥士的新形象，全劇情緒振奮，調子昂揚，色彩鮮明，充分表現了詩人對革命的嚮往，富有強烈的時代氣息。

到了二十世紀，由於工業文明的不良後果日趨明顯，社會矛盾日漸尖銳，人們痛感文明的墮落，理想的崩潰，信仰的瓦解，道德準則的失墜，熱切渴望新的美好而有意義的生活方式和精神文明。文學家更喜愛用意味深長的神話故事抒發苦悶和憤懣，對現實生活中的不合理現象進行抨擊。正如理查德‧蔡斯（Richard Chase）所說：“神話是肯定人們生活中文化和個人方面的種種危機 —— 誕生、進入人生、理想的友誼、婚姻、對人或大自然的戰事、死亡等 —— 並使之富有意義的一種方式。神話通過喚醒對往昔、文化傳統或英雄們超人力量的感情來賦予生活中的危機以意義。”這種例子可說是俯拾皆是。最著名的是艾略特（T. S. Eliot）的《荒原》（*The Waste Land*）。這部二十世紀西方文學的劃時代作品利用大量的神話傳說，把第一次世界大戰以後的歐洲比擬成一片荒原，充分表現了歐美知識分子憂鬱絕望的情緒。詹姆斯‧喬伊斯（James Joyce）的代表作《尤利西斯》（*Ulysses*）借用了荷馬史詩《奧德修紀》的故事。喬伊斯把小說主人公布盧姆和奧德修斯（即尤利西斯）相比擬，把他在都柏林一晝夜的遊蕩和奧德修斯的十年漂泊相映襯，從而揭示現代西方社會的腐朽沒落和現代人的孤獨與絕望。美國戲劇家奧尼爾（E. O'Neill）的《哀悼》（*Mourning Becomes Electra*）是以埃斯庫羅斯的《奧瑞斯忒亞》（*Oresteia*）為基礎的，藉神話英雄阿伽門農一家冤怨相報的故事，描寫了現代人的悲劇和苦難的根源。其他英美作家如葉芝（W. B. Yeats）、梅斯菲爾德（John Masefield）、福斯特（E. M. Forster）、懷爾德（Thornton Wilder）、厄普代克（John Updike）等都曾運用神話題材進行創作，以古喻今。

（四）

希臘羅馬神話對西方文化的影響並不僅僅停留在文學領域。在藝術方面，希臘羅馬神話入畫的故事不勝枚舉。文藝復興時期米開朗琪羅（Michelangelo）、拉斐爾（Raphael）、達‧芬奇（Leonardo da Vinci）等大師運用神話主題作的畫已經成為不朽巨作和人類文化的寶貴財富。在心理學方面，弗洛伊德（Freud）借用誤犯殺父娶母罪的俄狄浦斯王的故事創造了“俄狄浦斯情結”（Oedipus complex）一詞，在精神分析中指以本能衝動為核心的一種慾望。在文藝理論方面，二十世紀中葉湧現出一批以諾思羅普‧弗賴伊（Northrope Frye）為首的文藝理論家，認為一切文學類型以及所有作品的每個情節佈局，包括表面看來極其複雜和十分真實的作品，無不是重複某些神話原型人物和神話的基本公式。希臘羅馬神話還大大豐富了英語語言。有些詞匯，如"chaotic（混亂的）"、"hypnotic（催眠的）"、"martial（軍事的）"、"tantalize（逗弄）"等，追根溯源，都來自希臘羅馬神話。希臘羅馬神話在西方社會流傳極廣，影響深遠，滲透到了生活的各個方面。甚至連科技發展計劃的命名都有取諸神話故事的，如我們常聽說的"三叉戟飛機"、"阿波羅計劃"、"波塞冬號潛水艇"等等。有些神話中的人名、地名和典故早已進入日常生活，成為人盡皆知的常用語了，例如，"特洛伊的木馬"（the Trojan Horse）、"潘多拉的盒子"（Pandora's Box）、"不和的蘋果"（Apple of Discord）、"阿喀琉斯的腳跟"（Achilles' Heel）等等。

既然希臘羅馬神話對歐美文化有如此重要的作用，對歐美社會生活有如此深遠的影響，那麼，為了學習歐美文學、歷史、哲學、政治等知識，我們必須首先對希臘羅馬神話有一定的了解。這正是本書編寫的目的。

希臘羅馬神話浩如煙海，由於篇幅所限，我們只能挑選有關天地開闢、諸神由來和諸神及英雄們的最重要的一百則故事。由於選篇的原文有些使用諸神的希臘名字，有些使用羅馬稱呼，為了讀者的方便，我們附上了書中出現的主要神祇的希臘和羅馬名字的對照表。我們衷心希望這本小書能幫助讀者了解英美報章雜誌、文藝作品中經常出現的有關希臘羅馬神話的典故，能對諸位讀者閱讀英美著作，研究英美文學、歷史、政治、哲學等有所幫助。

美國最早一位編寫希臘神話故事的作者托瑪斯·布爾芬奇（Thomas Bulfinch）在《寓言時代》（*The Age of Fable*）的前言中說，他相信："年幼的讀者將從本書發現無限的樂趣；年長一些的會發現這是閱讀時的良師益友；有機會外出旅行參觀博物館藝術畫廊的讀者將發現它是名畫、雕塑的解說員；出入有文化修養的社交圈子的讀者又會發現它是解答談話中偶然出現的典故的鑰匙……"我們不揣淺陋，也希望這一百則神話能多少起到布爾芬奇所提到的作用。

陶潔

北京大學英語系

1986 年夏

重要神祇簡介

希臘名字	羅馬名字	簡介
宙斯 (Zeus)	朱庇特 (Jupiter / Jove)	宇宙的最高主宰，眾神居住的奧林波斯 (Olympus) 山之王。
赫拉 (Hera)	朱諾 (Juno)	宙斯的姐姐和妻子，代表女性的美德和尊嚴。
波塞冬 (Poseidon)	涅普頓 (Neptune)	宙斯的哥哥，管轄海洋之神。
得墨忒耳 (Demeter)	刻瑞斯 (Ceres)	宙斯的姐姐，管轄農業的地神。
雅典娜 (Athena)	彌涅耳瓦 (Minerva)	宙斯的女兒。既喜愛軍樂與習武，又有溫柔、美麗與多思的一面。既是戰神又是智慧女神。
阿波羅 (Apollo)		又名福波斯 (Phoebus)，宙斯的兒子。不僅是太陽神，而且是音樂和詩歌的保護神。
阿耳忒彌斯 (Artemis)	狄安娜 (Diana)	阿波羅的孿生姐妹，狩獵女神。
阿佛洛狄忒 (Aphrodite)	維納斯 (Venus)	專司女性魅力和美貌的愛和美的女神。
赫淮斯托斯 (Hephaestus)	伏爾坎 (Vulcan)	宙斯與赫拉的兒子，司人間火焰的火神，諸神的鐵匠。

希臘名字	羅馬名字	簡介
阿瑞斯 （Ares）	瑪爾斯 （Mars）	宙斯與赫拉的兒子，好爭鬥與屠殺的戰神。
赫耳默斯 （Hermes）	墨丘利 （Mercury）	宙斯之子，奧林波斯諸神的傳令官，商業和旅行之神。
赫斯提亞 （Hestia）	維斯塔 （Vesta）	宙斯的姐姐，主管天上人間一切炊火的爐灶女神。
狄俄倪索斯 （Dionysus）	巴克科斯 （Bacchus）	宙斯之子，酒神兼植物神。
赫拉克勒斯 （Heracles）	赫耳庫勒斯 （Hercules）	宙斯之子，大力神，以完成十二項"不可完成"的艱鉅任務著稱。
厄洛斯 （Eros）	丘比特 （Cupid）	阿佛洛狄忒的兒子，愛神。被他的箭射中的人將產生愛情。
普羅米修斯 （Prometheus）		希臘古老的提坦神族的後裔。在宙斯率領的奧林波斯山神與提坦神之戰中卻站在了宙斯一邊。他是智慧而偉大的神明，人類的締造者之一。

一　普羅米修斯與人類

在克洛諾斯反對朱庇特的鬥爭中，普羅米修斯站到了
奧林波斯山諸神的一邊。後來，塑造人和賦予人與其他所
有動物以生存本領的任務就交給了他和他的弟弟厄庇墨透
斯。厄庇墨透斯將勇敢、力氣、快速、伶俐等天賦分別賜
予各種動物。普羅米修斯則用土和水揉成了泥，照着神的
模樣捏出了人；他使人呈站立的姿勢。厄庇墨透斯把各種
天資都慷慨地贈予了其他動物，竟沒有剩下甚麼像樣的天
賦能賜給最崇高的被造物了。於是普羅米修斯升到天上，
在太陽的馬車那裏點燃了一支火把，將火送到地上來。可
是，朱庇特卻不大樂意允許人們用火。有一次，神和人在
錫西翁對各自的權限爭執不休，普羅米修斯耍了一個聰明
的計謀，企圖使問題的解決對人類有利。他把一頭獻祭用
的牛分為兩份，把所有可食用的部分包在牛皮裏，並狡猾
地在上面擺滿不招人喜歡的內臟；把骨頭用一層肥脂裹起
來，看上去像是好肉。然後他讓朱庇特挑選。天國之王看
穿了他的陰謀詭計，但還是挑了那堆骨頭和肥膘，從而利

用這一侮辱為藉口剝奪人類使用火的權利。但是普羅米修斯用一根空心管子從天府偷盜火種，再次取得了寶貴的天火。

　　為此，朱庇特命令將普羅米修斯鎖在高加索山上的一塊絕巖峭壁上，成年累月地受着一頭老鷹的折磨。牠天天啄食他的肝臟，卻總能不把它吃光。這位提坦巨人堅忍不拔地忍受着煎熬，因為他知道在第十三代時就會有一位英雄——朱庇特的親兒子——來解救他。果然，時候一到，英雄真的來了。他不是別人，就是那個力大無窮的赫耳庫勒斯。這個奮發英偉的人物認為他需要作的最大貢獻莫過於解救這位人類的衛士。赫耳庫勒斯向提坦巨人說：

　　人的靈魂永遠不能被征服——

　　除非自身變得脆弱；也永遠不能得解放——

　　除非自身充滿決心和力量，以及

　　不稍虧的目光和無以復加的努力！

　　想自由嗎？那就鼓起勇氣，我的兄弟！

　　啊！讓靈魂站在生與死、知與慾

　　敞開的門扉前，

　　見到旭日點燃思想的頂峰！

　　那時靈魂再不會依然故態，

或在黑色的睡鄉中收穫夢幻——

靈魂將邁着堅定的步伐

直上光芒萬丈的山巔

和不落的羣星自由交談。

然後他殺死了老鷹，解放了朱庇特的囚徒。

二　人類的各個時代

黃金時代，地球上剛開始有了居民。這是一個天真無邪和幸福的時代。真理和正義主宰一切，但不是靠法律的約束，也沒有甚麼權貴的恫嚇和懲處。人們不用耕種，一切生活必需全可仰給於大地。春天永在，不用種子，地裏也長出鮮花來；河裏流的是奶和酒，以及從橡樹蒸餾而來的黃澄澄的蜜糖。

接下來的是遜於黃金時代的白銀時代。朱庇特縮短了春天，把一年分為四季。於是人們首先嘗到了酷暑嚴寒之苦，不得不找一個蔽身之所。要吃穀物就得耕作。這時的人類雄偉剛毅，但卻驕橫不虔。

白銀時代之後就是青銅時代。人們的稟性更加粗野，動輒就要大興干戈，但是還沒有達到十惡不赦的地步。

　　最後到了最棘手和最糟糕的時代 —— 黑鐵時代。罪惡像洪水一樣泛濫成災，謙虛、真理和尊嚴逃得無影無蹤。大地的賜予全被用去造孽。欺詐、暴力、對內對外的戰爭四處猖獗。

　　朱庇特見到這種情況怒不可遏。他召集眾神商討對策。在神祇大會上，朱庇特陳述了地球上不堪容忍的情況，並宣佈了他要毀滅地上現有居民的意向，表示要另置新人。這種新人不同於現有的人，他們將更有生存的價值，對神祇也更加敬重。朱庇特惟恐用火燒會危及天宮本身，就決定用洪水淹沒地球，轉瞬間洪水就把地球上的人和他們的財物席捲而去。

　　在所有的山峰中惟有帕耳那索斯沒有被洪水的浪濤所淹沒，普羅米修斯的兒子丟卡利翁和他的妻子皮拉 —— 厄庇墨透斯的女兒 —— 就躲到這個山峰上去。丟卡利翁為人正直，他的妻子則虔誠敬神。朱庇特憐惜他們夫妻一生清白，品行端正，就斥令洪水退去。這時丟卡利翁和皮拉走進了一個濺滿了泥漿的神廟裏，在香火未燃的祭壇前，他倆俯身在地祈求神祇的指引和幫助。神諭指出說：“裹起頭，鬆開衣帶，出廟去，一路走一路將你們母親的屍骨丟在身後。"這話使他們驚愕不已。皮拉首先打破了沉寂："我們不能照着這個神諭辦事；我們不敢褻瀆父母的屍骨。"他們躲進樹林，苦苦思索着神諭的含義。最後丟卡利翁說："要不就是我發了昏，要不就是我們不犯忤逆罪也能執行神諭。大地是萬物之母，石頭就是她的屍骨。我們可以往身後扔石頭，我想神諭說的就是這個意思。"他倆蒙住顏面，鬆開衣帶，撿起石頭朝身後扔去。這些石頭開始變軟，呈顯出形狀，漸漸地帶上了略似於人的狀貌。丟卡利翁扔的石頭變成了男人，皮拉扔的則成了女人。

三　第一個女人

傳說（雖然相當荒唐）朱庇特造了第一個女人並把她送給了普羅米修斯兄弟二人，以懲罰他們偷盜天火的狂妄行為，也懲罰人類，因為他們接受了天火。這人類中的第一位女性名叫潘多拉。她是在天上創造的，每個神祇都對她有所賦予以使她臻於完美。維納斯送給她美貌，墨丘利送給她利嘴靈舌，阿波羅送給她音樂的天賦，還有其他種種。接受了這些稟賦後，她被送到地上交給了厄庇墨透斯。厄庇墨透斯的哥哥雖然早就囑咐過弟弟要提防朱庇特和他的饋贈，但厄庇墨透斯還是欣然接納了潘多拉。厄庇墨透斯的家裏放着一個甕，裏面裝着一些害人精。他因為一直忙着打點人類在新住地安身之事，還沒有顧得上處理它們。潘多拉對這甕產生了強烈的好奇心，非常想知道裏面裝着甚麼東西。有一天，她推開了甕蓋，想看個究竟。裏面立刻衝出一大羣使人遭受不幸的災難 —— 如折磨人肉體的痛風、風濕、腹痛，折磨人心靈的妒忌、怨恨、復仇 —— 並向四方飛散。潘多拉趕快捂上蓋子，但是，天吶，甕裏關着的東西都已跑掉，只剩下壓在甕底的一件，那就是希望。所以我們至今仍然可見，不論邪惡多麼猖狂，總會有一線希望。只要有希望，任憑甚麼樣的厄運也不能摧垮我們。

另一種說法是潘多拉是朱庇特誠心誠意地派遣到人間來造福人類的。她接過了一個盒子，裏面裝着她的嫁妝。可是她竟不慎打開了盒蓋，所有的恩賜都跑掉了，只剩下了希望。這個故事比剛才講的那個聽起來更可信。因為像希望這樣的珍寶怎麼能如第一個故事所講的，和形形色色的邪惡裝在同一個容器裏呢？

四 宙斯（朱庇特）和他的妻子

提到赫拉（朱諾），我們大抵都知道她是宙斯的妻子；她原來是克洛諾斯和瑞亞的女兒。她出生於薩摩斯羣島，也有人說是在阿耳戈斯，但她是由珀拉斯戈斯的兒子特米諾斯在阿卡迪亞撫養長大的。季節女神是她的保姆。赫拉的孿生兄弟宙斯在驅逐了父親克洛諾斯以後到克里特的諾塞斯（一說是阿爾戈利斯的索那克斯山，現稱杜鵑山）找到了她，並向她求愛，但最初並未成功。後來宙斯隱身為一隻羽毛披亂的杜鵑鳥，赫拉這才可憐他，溫柔疼護地把他放在懷裏取暖。宙斯立刻現出真形並強姦了她。她在羞慚無奈下便嫁給了他。

赫拉和宙斯的新婚之夜是在薩摩斯度過的，這一夜就是人間的三百年。赫拉定期在阿耳戈斯附近的卡那薩斯泉沐浴從而重獲貞潔。

宙斯和赫拉總是免不了吵架。赫拉對宙斯沾花惹草的行為十分惱火，常常千方百計地設下圈套羞辱他。宙斯從沒有真心實意地信任赫拉。而赫拉也知道，如果她冒犯他過了一定的限度，他會打她的，甚至用霹靂擊她。因此，她採取冷酷的計謀，例如在生赫拉克勒斯的事情上；有時，她借用阿佛洛狄忒的腰帶來勾起他的情慾，從而削弱他的意態。

有一次，宙斯的傲氣和喜怒無常的脾氣實在太教人難以忍受。於是赫拉、波塞冬、阿波羅和除了赫斯拉亞外所有的奧林波斯神祇乘宙斯躺在牀上熟睡之際一擁而上，用生牛皮繩把他捆綁起來並打上一百個繩結，使他動彈不得。他威脅說要把他們立即處死，但他們早把霹靂放在他伸手莫及的地方，因而對他的威脅報以滿帶嘲弄的大笑。當他們歡慶勝利並且懷着猜疑妒忌之心討論繼承宙斯王位的人選時，海上女神忒提斯看到奧林波斯山將爆發一場內戰，便急匆匆把百臂巨人布里阿瑞俄斯找來。這位巨人把一百隻手都同時用上了，迅速解開繩結給主神以自由。因為是赫拉領導了這場陰謀活動，宙斯便用金手鐲銬住她的手腕，把她吊在空中，腳踝上還綁上鐵鑽。別的神祇氣惱萬分，但不敢拯救赫拉，儘管她哭喊得十分悽慘。後來宙斯答應釋放她，條件是大家要起誓永遠不再造反。諸神們雖然滿心的不情願，但還是個個作了保證。宙斯罰波塞冬和阿波羅去給拉俄墨冬國王當奴隸，他們為國王建造了特洛伊城。但宙斯寬恕了其餘的神祇，因為他們只不過是脅從。

五 伊俄──朱庇特的情人

伊俄出身於神祇世家，父親是俄刻阿諾斯的兒子河神伊那科斯。據說有一天朱諾看到天空突然烏雲密佈，就料想這一定是她丈夫興起一圈雲來遮蓋自己的放蕩勾當。她撥開雲層，見到他正呆在一條明鏡般的小河的岸上，身旁有一頭美麗的小母牛。朱諾懷疑這母牛的形體裏隱藏着一個人間美女的身軀，她的猜測確乎合理，這個美女正是伊俄。朱庇特覺察到自己的夫人正接近這個地方，便把她變成了牛的模樣。

大眼女神走到丈夫的身邊，注目於那頭小母牛，誇獎牠的俊美，又問主人是誰，屬於哪個牛羣。朱庇特惟恐她再追問下去，就答説這是大地的新造物。朱諾請求朱庇特把牛送給她作禮物。眾神和人類之王有甚麼辦法可想呢？他實在不想將情人交給自己的老婆；但是他又怎好拒絕像一頭母牛這樣的區區小意思呢？要是他不肯贈送的話，準會引起她懷疑，因此他只好答應了。那女神就把這頭小母牛交給阿耳戈斯嚴加看管。

且説，阿耳戈斯頭上長了一百隻眼睛，每逢睡覺時，只閉上一兩隻眼睛就夠了。因此伊俄無時無刻不在他的監視之中。白天他趕她去放牧，晚上用繩子拴住她的脖頸。她多麼想伸出雙臂乞求阿耳戈斯放了她啊！可是她卻沒有可伸出的雙臂，發出的聲音也只是牛的吼叫。她絞盡了腦汁，想不出辦法能使她的父親認出她來；最後她終於想到了寫字，用一隻蹄子把她的名字——很短的一個名字——劃在沙地上。伊那科斯辨認出這個名字，發現他尋找多日而未得見的女兒原來竟被偽裝失去了原形，他不禁悲慟起來。正在這時，阿耳戈斯發現了他們，他趕開了伊俄，自己坐在河堤上，監視着四周的一切動靜。

朱庇特見到情人受苦，很是傷心，打發墨丘利去除掉阿耳戈斯。墨丘利拿着他那根睡杖下降到人間，裝扮成一個牧羊人。他一路趕着牲口一路吹着他的緒任克斯笛（或稱作潘簫）。阿耳戈斯聽得心曠神怡。"小夥子，"他說，"過來，跟我一起坐在這塊石頭上。在這附近放牧是再合適不過的了；這裏有塊宜人的樹蔭，牧羊人沒有不喜歡的。"墨丘利在巖石上坐下，談個不停，大說故事，直到天色漸漸地暗了下來。這時他又吹起了簫，奏着最能安神的樂曲，企圖催那些警覺的眼睛進入夢鄉，但沒有奏效。因為阿耳戈斯雖然閉上了其中一些眼睛，但總有別的一些還是睜着的。

然而墨丘利在眾多故事之中又講了一個關於他吹奏的這根簫的來歷的。這個深深溫撫人心的故事還沒有講完，墨丘利就看到阿耳戈斯的眼睛一隻隻地昏昏睡去。墨丘利立刻殺死了阿耳戈斯，放掉了伊俄。朱諾取下阿耳戈斯的眼睛，撒在她的孔雀尾巴上作為裝飾，直到今天這些眼睛還呆在老地方。

但是朱諾報復之心不死。她派遣了一隻牛虻去折磨伊俄。伊俄四處躲藏，游過了一片大海，這海從此就以她命名，叫伊奧尼亞海。後來她又到過許多國家，最後來到了尼羅河畔。這時候朱庇特出面替她求情，答應和她從此一刀兩斷。朱諾這才同意恢復伊俄的原來面目。

六　朱庇特對歐羅巴的愛慕

　　歐羅巴是阿革諾耳的女兒，阿革諾耳是涅普頓的兒子，腓尼基的國王。有一次賽甫里斯給歐羅巴託了一個美夢。夢裏歐羅巴看見兩個大陸為了爭奪她而相鬥，一個是亞細亞，另一個是遠方的那片海岸。雙方都呈現出女人的形象，一個是外鄉人打扮，另一個是當地婦人的裝束。這一個緊緊地抱着歐羅巴，一再訴説是她生養並哺育了歐羅巴；而那一個用一雙強有力的手使勁地把歐羅巴往她那邊拽，而歐羅巴竟也有些不能自持，那女人還説歐羅巴命裏注定是她的戰利品，這是身穿胸鎧的朱庇特的意旨。

　　歐羅巴起牀來，去找那一羣跟她一同遊樂的姑娘。這些少女來到了鮮花盛開的草地上，眼前的萬千花朵立刻使得她們個個心花怒放。可是，歐羅巴並沒有從容的時間去觀賞吐豔的鮮花。就在那草地上，朱庇特見到了她，為她神魂顛倒。朱庇特於是隱去了自己的神祇面目，變形成一頭牡牛，這樣既可以避過多疑善妒的朱諾的震怒，又易於騙取這位少女的柔情。

牡牛停在嬌美的歐羅巴腳前，一下一下地舔着她的脖頸，對她施着魔法。她也撫愛着牠，用手輕輕抹去牠脣邊噓着的厚厚一層泡沫，然後吻了牠一下。這時牠在歐羅巴腳下臥了下去，昂起頭，望着她，向她展示自己闊大的脊背。於是她向那些長着滿頭鬈髮的女伴們說：

　　"來啊，親愛的夥伴們，和我同庚的少女們，咱們坐到這頭牛背上玩吧。說真的，牠能把咱們承在背上，咱們大家都能坐得下！牠多麼馴服、可愛，看上去是那麼溫順，和別的牡牛完全不同！牠有一顆像人一樣的老實的心，其實牠和人一樣，只是不會說話罷了。"

　　說着她笑瞇瞇地坐到了牛背上，別的女孩子也跟着要往牛背上爬。可是當這頭牛得到了牠的意中物，就立即躍身向大海奔去。那少女回過頭來，再三向着夥伴們呼喚，向她們伸出雙手，但她們已夠不着她了。牡牛奔到海岸上，跳進了海裏，四蹄不沾水，像隻海豚似的乘風破浪疾馳而前。怯生生地，歐羅巴望着四周的環境，說出了下面的話：

　　"神牛啊，你要把我帶到甚麼地方？你是哪位神明？你怎麼能用腳走在海獸的航道上，對大海毫不懼怕？大海是來往於鹹水之中的快艇的運動場，不是牡牛行走的地方。在海上有甚麼飲品於你是甘甜的？從深海裏你能找到甚麼充飢？你一定是某位神明，因為你行的事只有神明才能做到。"

她說完這些話，那長了角的牡牛回答道："鼓起勇氣，姑娘，不要害怕大海的波濤。看哪，我是朱庇特，雖然我現在是頭牡牛的形狀，但只要你仔細看就能認出我來。我是可以隨心所欲變化形體的。出於對你的愛，我才變成了牛身，在鹹海中這樣奔波着。不久克里特將接納收容你，那是養育了我的地方，我們的新房也將安在那裏。"

按照傳統說法，歐洲大陸就是因歐羅巴公主而得名的。歐羅巴的三個兒子都是希臘神話中赫赫有名的人物。彌諾斯做了克里特的國王，死後成為陰曹的法官；拉達曼提斯也被認為幽冥間的國王和法官；而薩耳珀冬則是呂喀亞人的祖先。

七 朱庇特鍾情於塞墨勒

朱庇特不僅跟神祇有私情，和凡人也常常關係曖昧。

他傾心愛慕過一些凡人的才貌出眾的女兒，這理所當然地引起夫人的妒忌，兩人經常為此爭吵。前文已經談到他與伊俄和歐羅巴的戀愛經過，這裏講一段關於朱庇特鍾情於塞墨勒的故事。

　　塞墨勒是底比斯的締造者卡德摩斯的女兒。不論是從父系或是從母系來說她都是神的後裔；她的母親哈耳摩尼亞是瑪爾斯和性格開朗的維納斯的女兒。朱庇特現身於塞墨勒面前以至他向她求愛時，都是打扮樸素，舉止謹斂的。朱諾對奪走丈夫的恩愛的新情敵恨之入骨，想出一個計謀，打算置塞墨勒於死地。朱諾變形成塞墨勒的老奶媽波羅厄，暗示間挑引起塞墨勒對情郎身份的懷疑。她長歎一聲道："我真希望他就是朱庇特，可是我心裏總有些嘀咕。人總不能說沒有喬裝冒認的。他要真是朱庇特的話，就該拿出點證據來。叫他來的時候穿上天宮裏的全套華美禮服，這就能使我們確信不疑了。"塞墨勒被說得動了心，決心要作一次試探。她要求朱庇特答應為她做件事，但並不把這件事說明。朱庇特應允了，還發誓絕不食言，且指定冥河斯提克斯 —— 眾神聽了都要發抖的名字 —— 做他的監誓人。於是，塞墨勒說明了她的要求的具體內容。主神恨不得馬上堵住她的嘴，但沒有來得及，她已經說完了。現在話已出口，朱庇特既不能算她沒提要求，又不能收回自己的誓言。他在深感懊惱下回到上界，在天宮裏，他穿上璀璨的衣裝，這所穿的還不是他戰垮巨人時的那副英氣逼人的全套披掛，而是眾神認作為他的輕型鎧甲的那一款。一陣電閃雷鳴，他衝進了塞墨勒的閨房。她那世人的肉身禁不住熾烈的神光，頓時焚成一堆灰燼。她留下一個兒子，就是巴克科斯神。

八 卡利斯忒 —— 朱庇特的又一位情人

卡利斯忒是另一個引得朱諾妒火中燒的少女，朱諾把她變作一頭熊。"我要叫你喪失掉，"她説，"你那誘惑了我的丈夫的美貌。"一下子卡利斯忒的腰身就屈了下去；她想伸臂懇求一番，但那雙臂眼看着就長滿了黑毛。她的手變得圓敦敦的，長出了鈎狀的利爪，只配用來做腳掌了；她的美麗的小嘴，宙斯以前是讚不絕口的，現在變成了一對駭人的頜骨；她的聲音本來是能喚起人們的惻隱之心的，現在卻成了嗥叫，令人毛骨悚然。但是她並沒有喪失固有的氣質。她不停地呻吟着，哀歎紅顏薄命，掙扎着想站直身子，伸爪乞憐；她覺得朱庇特也太薄情，然而她無法說給他聽。啊，有多少個夜晚她徘徊在以前住過的地方，因為她不敢獨自在林中過夜；有多少次她這個不久前的獵手被獵犬嚇得四處逃竄，怕被獵人捉住。她不敢與野獸為伍，忘記了自己是獸國中的一員；自身為熊，她卻對熊望而生畏。

一日，她被一個正在行獵的小夥子看見了，她認出這個獵手原來是自己的兒子，現在已長成為一個翩翩的少年。她不再逃跑，想走過去把他抱在懷裏。但當她剛朝他邁步時，他馬上警覺起來，舉起了獵矛，就要投射。這時朱庇特發現了並及時制止了這種忤逆行為，把母子二人從地上帶走，放置在天上，成為了大熊星和小熊星。

朱諾見到自己的情敵如此尊榮，大為惱火，急忙去找海洋神老忒堤斯和俄刻阿諾斯。他們問她來訪的目的，她向他們闡明了來意："你們問我這個眾神之后為甚麼要從天上的平原下到深海中來。告訴你們吧，天上沒有我呆的地方了 —— 我的位置讓別人給佔據了。你們大概不信我的話，可是等到夜幕籠罩大地時你們自己看吧，就在極圈附近，圈子繞得最小的那片天上，你們會看到升到天上的那兩個傢伙，對於他們我是滿有理由表示不滿的。今後誰還擔心會冒犯朱諾 —— 倘若我的不悅竟致使他們得到了這樣的報償？你們看到我力之所及了吧！我不許她再有人形 —— 可她竟被安置到星宿中來了。這就是我懲罰的結果，我的權限就只有這麼一點大！還不如當初我也叫她像伊俄一樣重新恢復了人形呢！說不定他是想娶她為妻，把我遺棄！可是你們，我的養父養母，要是你們還體恤我，要是你們看不慣我受不公平對待的話，我請求你們給她點顏色看看，不許這一對罪人進入你們的海裏。"海洋之神答應了。結果大熊星座和小熊星座只能在天上繞來繞去，永遠不能像其他的星星一樣落到海中去。

九　凡人與智慧女神的競賽

從前發生過一場競賽，一個凡人竟敢與智慧女神彌涅耳瓦比試。這個凡人叫阿拉克涅，她有一手非凡的編織和刺繡本領，每當這位少女幹活兒時就連林中和噴泉中的神女們也都擁來觀看。人們會說，她是彌涅耳瓦親手教的。可是關於這一點阿拉克涅予以否認，就是把她說成是女神的學生她都覺得不能忍受。"讓彌涅耳瓦來與我比試一下吧！"她說道，"如果我輸了，甘願受罰。"彌涅耳瓦聽到這個消息後很不高興，她變成了一個老婆婆來到阿拉克涅那兒並向她提出友好的忠告。"我有許多經驗，"她說，"我希望你不要輕視我的勸告。你要是喜歡，就和你的人類同胞去比試，卻千萬不要和女神爭高低。"阿拉克涅停下了紡織，怒視着老婆婆。"收起你的忠告吧，"她說，"留着給你的女兒或女僕們聽吧。我不怕那位女神，如果她敢的話，就讓她顯示一下她的本領吧。""她來了，"彌涅耳瓦說完就丟下偽裝，站在那裏證實自己的身份。阿拉克涅不感到害怕。她毫不動搖，一種對自己技藝的盲目自信驅使她選擇了自己的命運。彌涅耳瓦再也不能容忍了，她也不再提出進一步的忠告。她們開始了比賽，兩人各就其位並把織物接到了桁架上。兩個人都幹得很快，她們的巧手飛速地運動着，由於比賽帶來的興奮使她們不感到活兒很累。

彌涅耳瓦在她的織物上織出了她與海神競賽的場面。畫面上有十二位天神出場，朱庇特威風凜凜地坐在當中，海的統治者涅普頓手執他那把三叉戟，好像剛剛撞擊過地球，一匹馬正從地面躍了出來。彌涅耳瓦把自己描繪成戴着頭盔的模樣，用盾牌護住自己的胸部。這是圖案的中心圈。圖案的四角是一些神祇們由於一些狂妄自大的凡人竟敢與他們競爭而生氣的情景；這是用來警告她的對手，勸她及時放棄這場比賽。

阿拉克涅則故意在自己的圖案中織出了顯示神祇們的缺點和錯誤的主題。一個場面是描述勒達輕撫着一隻天鵝，那天鵝實際上是朱庇特的化身；另一幅描述了達那厄被她父親關在一座銅塔裏，而主神朱庇特卻變成一陣金雨澆進了銅塔；再一幅是描寫歐羅巴如何被化身成公牛的朱庇特所欺騙。

阿拉克涅用類似的主題填滿了她的畫布，確乎精彩極了，但明顯地表現出她的傲慢和對神的不敬。彌涅耳瓦不得不佩服她的手藝，同時又對她的侮辱感到憤怒。她用梭子猛擊織物，並把它弄得粉碎，之後她摸了一下阿拉克涅的額頭使她感到內疚和羞恥。阿拉克涅忍受不了，就去上吊。彌涅耳瓦看到她懸掛在繩子上，動了惻隱之心。“活下去吧，”她說道，“有罪的女人。為了使你永遠記住這個教訓，你和你的子孫後代將永遠吊着。”她用附子汁向阿拉克涅灑去。阿拉克涅的頭髮馬上就脫光了，她的鼻子和耳朵也掉了。她的體型縮小了，她的頭變得更小，手指緊貼身體兩側變成了腳。剩下的便是軀體，她從體內抽絲紡線，常常懸掛在那遊絲上，跟當年彌涅耳瓦觸摸她把她變成蜘蛛時的情形完全一樣。

十　戰神瑪爾斯

瑪爾斯（阿瑞斯）是朱庇特和朱諾的兒子。荷馬在《伊利亞特》中把他説成是英雄時代的一名百戰不厭的武士。他肝火旺盛，尚武好鬥，一聽到戰鼓聲就手舞足蹈，一聞到血腥氣就心醉神迷。戕戮廝殺是他的家常便飯。哪裏有鏖戰，他就立即衝向那裏，不問青紅皂白就砍殺起來。他穿上戰服時雄姿勃勃 —— 頭戴插翎的盔甲，臂上套着皮護袖，手持的銅矛咄咄逼人。他得天獨厚，威嚴、敏捷、久戰不倦、孔武有力、魁梧壯偉。至今，他還是智慧的大敵、人類的禍災。他通常是徒步與對手交戰，有時候也從一輛四馬戰車上揮戈 —— 那四匹馬是北風和一位復仇女神的後裔。隨從他奔赴疆場的有他的兒子：恐怖、戰慄、驚慌和畏懼，還有他的姐妹不和女神厄里斯（紛爭的母親）、女兒毀城女神厄倪俄和一羣嗜血成性的魔鬼。勝敗乃兵家常事，瑪爾斯自然也有敗北的時候。在攻打特洛伊城的戰鬥中，彌涅耳瓦和朱諾就曾多次把他打得丟盔卸甲。他向朱庇特告狀，反而被侮罵為逃兵，深為眾神所不齒。他所寵愛的情婦竟偏巧是美神，在她的懷抱裏，這位武士得到了安寧。他倆生的女兒叫哈耳摩尼亞，日後成為戰火連綿的忒拜王朝的開國女祖。據荷馬説，瑪爾斯最喜歡去的地方是北部地勢坎坷的色雷斯。他佩戴的徽記是長矛和燃燒着的火炬；他的愛畜是兀鷹和獵犬 —— 兩種戰場上的常客。

十一　殺死戰神聖蛇的報應

　　對於凡人，瑪爾斯有時表現得就跟他那美貌的對手、朱庇特那永不怠倦的女兒彌涅耳瓦一樣的復仇心切。不僅殺死瑪爾斯的聖蛇的卡德摩斯領教了這一點，他的家族也在深受其苦下對此有所領略。

我們看過朱庇特怎樣化成一頭公牛馱走了腓尼基國王阿革諾耳的女兒歐羅巴。阿革諾耳因失去了愛女而大為苦惱，責令兒子卡德摩斯去把妹妹尋回來，若不能完成任務就不准他再進家門。卡德摩斯走遍四面八方，找了很久也找不到妹妹的蹤跡。他不敢空着手回家，就到阿波羅廟中乞求神諭指示他到哪裏安身。神諭說他將在田野裏見到一頭母牛，牛往哪裏走，他就要跟到那裏，在母牛停步的地方建造一座城池，取名底比斯。卡德摩斯剛一走出給予他神諭的卡斯塔利亞山洞，就看到前面有頭小母牛在不緊不慢地走着。他趕快跟上，一路上向福波斯禱告。那頭牛涉過了刻非瑟斯淺峽，來到了帕諾蒲平原。牠在這裏停住腳步，仰起寬闊的額面，朝天一聲聲地哞叫着。卡德摩斯謝過神明，躬身親吻這片異鄉的土地，然後舉目眺望四周的羣山。

他決定祭祀朱庇特，便打發隨從去尋找淨水做祭奠。附近有一片老林，還從未遭受過斧頭的蹂躪。林子深處有一個巖洞，完全被茂密的樹叢遮住。洞頂微呈拱形，洞的下處湧出一道清澈無比的泉水。洞穴裏盤踞着一條惡蛇，牠的頭冠和身上的鱗片像金子似的熠熠發光。牠的雙眼像火焰似的閃耀，渾身上下毒液欲滴。那蛇搖動着分成了三叉的舌頭，齜出三排牙齒。當太爾人把水罐浸到泉水中，水流入罐咕嘟嘟地響起來的時候，那閃着青光的蛇立即從穴中探出頭來，發出嘶嘶的可怖的鳴聲。他們嚇得扔了水罐，一個個面如死灰，渾身發抖。那條蛇盤起長滿鱗片的身軀，把頭舉過了至高的樹，那些太爾人給嚇得癱軟了，既不能戰，又不能逃。有些人被咬死，有些人被勒死，其餘的被蛇的毒氣熏死了。

卡德摩斯等到中午，不見他的僕從的蹤影，就去尋找他們。他身披獅皮，一手拿矛，一手持鏢，但他胸中的那顆勇者之心是比這兩件利器還要可靠的必勝的依據。他走進樹林，發現了隨從們的屍體，見到那條惡蛇還在舐着嘴角上的血汁，他高呼道：“忠誠的朋友們，我抵死也要替你們報仇。”說着他舉起一塊巨石，用盡全身氣力朝大蛇砸去。這一擊也許能震撼城堡的圍牆，但落到那蛇身上，卻沒有甚麼作用。卡德摩斯緊接着投出了長矛。這一手倒還奏效，長矛穿過鱗片刺入了蛇的內臟。疼痛使得那怪物暴躁不安，牠扭過頭來察看傷口，並用牙齒去拔那長矛，但只是把矛咬斷了，鐵矛尖扎在肉裏更加疼痛難熬。牠氣得脖子發脹，嘴角冒着血沫，鼻中噴出一股股的毒氣。牠先把身子縮成一團，然後又伸長，活像一截伐倒在地的樹椿。牠朝卡德摩斯一點點地逼過來，卡德摩斯邊退邊用長矛在那怪物的大嘴前挑逗，毒蛇張着嘴朝着武器撲咬着，恨不得一下子吞掉那鐵尖頭。卡德摩斯伺機行動，待到那蛇仰着的頭移到一棵大樹幹旁時，他猛力一刺，將那蛇頭橫釘在樹上，那蛇臨死前痛苦地掙扎着，沉重的身軀把大樹都壓彎了。

正當卡德摩斯站到他已打倒的大敵前面，打量着這個碩大的屍體時，有個聲音向他發話了（他説不上聲音是從哪裏發出來的，但卻聽得真真切切），命令他拔掉毒蛇的牙齒，把它們播種在地裏。他遵命行事，挖了一條壟，把蛇牙撒在其中，天意決定了這些牙會滋生出一茬人。他剛剛填平了壟，土塊就鬆動起來，許多長矛尖拱出了地面，接着就露出了頭盔及其上插着的半折的羽飾，然後是手持武器的士兵的肩膀、胸膛、四肢，不一會兒功夫，一羣全身披掛的武士長了出來。卡德摩斯驚恐萬狀，準備迎戰這羣敵人。但是其中的一個武士向他説道："不要插手我們的內戰。"説畢就揮劍刺死一個同他一起從土中長出來的兄弟。但他卻中了另一個武士射出的箭，倒地死去。射箭的那個又被另一個武士殺死。就這樣，這一羣人自相殘殺着，最後只剩下了五個人。其中的一個扔下了武器說："弟兄們，我們講和吧！"他們協助卡德摩斯建造了一座城，稱之為底比斯。

卡德摩斯娶了維納斯的女兒哈耳摩尼亞為妻。奧林波斯山上的眾神都來慶賀他們的婚禮。伏爾坎送給了新娘一串他親手製作的項鏈，精美絕倫。但因為卡德摩斯殺死的那條蛇是瑪爾斯的聖物，因此他的家族在劫難逃。他的女兒塞墨勒和伊諾、他的孫兒阿克特翁和彭透斯都死於非命。底比斯城如今只能勾起卡德摩斯和哈耳摩尼亞的無限傷感。他們棄城出走，投奔了安奇里亞人。那裏的人們熱情地接待了他們，並擁戴卡德摩斯為王。但兒孫們的厄運始終使他們鬱鬱寡歡。有一天卡德摩斯哀呼道："既然眾神對一條蛇的生命如此看重，我倒不如就是一條蛇吧。"話剛出口他就開始變形了。哈耳摩尼亞眼看事情如此，只好祈求眾神賜給她同樣的歸宿。於是他們兩個人都變成了蛇，從此在森林中生活。他們銘記着自己的身世，所以從來不逃避人類，也從不傷害人類。

十二 伏爾坎 —— 朱諾遺棄的兒子

關於伏爾坎的故事不多，説明他品性的小事卻倒有不少。伏爾坎由於是個跛子而被母親朱諾從天堂裏攆了出來。海洋女神歐律諾墨和忒提斯可憐他無依無靠，就收養了他，照看他有九年的工夫。在這段時間裏他勤習手藝，技術漸漸達到了十分嫻熟的地步。他要向惡意虐待他的母親報仇雪恥，在海底製作了一個裝有精巧機關的王后御座，呈送給他的母后。朱諾非常高興地接過這富麗堂皇的禮物，但剛一坐上去，就有各式各樣看不見的鐵索鐐銬把她牢牢地縛在上面，使她動彈不得。眾神趕來相助，但都無濟於事。這時瑪爾斯想憑武力把伏爾坎拖到天府，逼他解除詭謀。可是火神身上發出的烈焰烤得這位魯莽的武士抱頭逃竄。然而有一位神祇 —— 就是那快活的酒神巴克科斯，倒很疼愛這個鐵匠。他請伏爾坎飲了美酒，然後引他到奧林波斯山上，好言相勸使伏爾坎釋放了眾神和眾人之后。

伏爾坎在許多場合下為朱諾效過力，這説明他並不是一直對朱諾懷恨在心的。他給朱諾的寵兒阿喀琉斯鍛造了盾牌，又秉承朱諾的旨意和河神克珊托斯大幹一場。荷馬描寫這場戰鬥的場面時説，榆柳焚燒起來，平原變成焦土，河流沸騰翻滾。海鰻魚蝦統統被伏爾坎攪得不得安寧，克珊托斯終於苦痛難熬而俯首求饒。

伏爾坎走起路來一瘸一拐的 —— 可能是象徵了火苗兒一躥一跳的特徵吧。據他自己説，他生下來的時候腿就有毛病，他母親羞慚萬分，怕被眾神看見，就把他從天宮扔了出來。他還説，有一次朱庇特對他母親大發雷霆，他上前去給母親解圍，卻被那克洛諾斯的兒子抓住腿扔出了天宮的大門："我朝下界跌去，整整掉了一天，到傍晚時刻落到了楞諾斯，摔得半死不活的。"即使他出生時還不是個跛子，那麼遇上了這兩次大難，準也得摔瘸了。他參與了創造人的工作，尤其在精心創造潘多拉中出力。彌涅耳瓦的出世有他的一分功勞，他為了促產，就用斧頭劈開了朱庇特的頭顱。

根據《伊利亞特》和赫西奧德的《神譜》上的説法，他的妻子叫阿格萊亞，是美惠三女神中最年輕的那位。可是《奧德修紀》裏説他的妻子是維納斯。他業績輝煌，性情溫和。人類愛戴他，尊他為良好習俗的創立者、工匠的保護神。偶爾，也有人把他看成是醫神和先知。他要是高興起來的時候，彷彿能把眾神哄逗得"大笑不止"。不過他可不是個傻瓜，要是把他惹急了，這位以煉造精良兵器而遐邇聞名的神祇很能謀算，甚至是很能設法報復的呢！

十三　赫淮斯托斯 (伏爾坎) 的不貞的妻子

阿佛洛狄忒 (維納斯) 被許配與跛足的鐵匠之神赫淮斯托斯，但是她給他生的三個孩子 —— 福波斯、得摩斯和哈耳摩尼亞 —— 的親生父親卻是身材挺拔、魯莽成性、好酗酒、愛爭吵的戰神阿瑞斯 (瑪爾斯)。赫淮斯托斯對妻子的不貞行為一直一無所知。有一天晚上，這對情人在阿瑞斯的色雷斯宮裏睡得太久了；太陽神赫利俄斯升上天空時，看見他們兩人在牀上尋歡作樂，便去向赫淮斯托斯告發其事。

赫淮斯托斯氣呼呼地回到鍛爐旁，用青銅錘打出一張細如遊絲而又堅固難摧的捕獵用的羅網。他悄悄地把網繫在結婚大牀的柱子和四周。阿佛洛狄忒從色雷斯回來了，滿臉堆笑地告訴他她有事去了一趟科林斯。赫淮斯托斯説：“我的愛妻，請原諒我，我要去我心愛的島嶼楞諾斯休息一兩天。”阿佛洛狄忒並不表示願意同他一起去休假，相反，等他一走遠就急忙派人找阿瑞斯，阿瑞斯馬上趕來，兩人高高興興地同牀共枕。可是天亮的時候，他們發現自己被纏在網裏，赤條條的，無法脱身。這時，赫淮斯托斯出其不意歸家來，並召喚全體神祇前來親眼目睹他家的恥辱。他揚言，他妻子的養父宙斯必須把當年價值連城的結婚聘禮退還給他，否則他就不釋放阿佛洛狄忒。

諸神紛紛趕來觀看阿佛洛狄忒的窘態；只有女神們為了不使阿佛洛狄忒太難堪都留在家裏。阿波羅用肘輕輕推了赫耳墨斯一把，問道：“你要是處在阿瑞斯的地位，赤身裸體地給套在網裏，你大概也不會在乎的，對嗎？”

赫耳墨斯用腦袋作保發誓説，即使他給三張網纏住了，即使全體女神都在一旁責難，他也絕不會計較的。説畢，兩位天神放聲大笑。然而，宙斯對赫淮斯托斯的行為深惡痛絕，説他是個傻瓜，居然把家醜外揚。宙斯拒絕退還他們的結婚聘禮，也不肯干預這場夫妻間無聊的爭吵。波塞冬看到赤條條的阿佛洛狄忒，大為傾倒，十分妒忌阿瑞斯，但他表面上不動聲色，假惺惺地對赫淮斯托斯表示同情。他說："既然宙斯拒絕幫忙，我來作保，讓阿瑞斯交出跟你聘禮的價值完全一樣的東西，作為贖身的費用。"

"這個安排倒是不錯，"赫淮斯托斯垂頭喪氣地說，"不過，要是阿瑞斯說話不算數的話，你可就要代替他呆在網裏了。"

"跟阿佛洛狄忒呆在一起？"阿波羅笑着問道。

"我不相信阿瑞斯會言而無信，"波塞冬理直氣壯地說，"不過，如果他真的失約，我願意出這筆錢財並且跟阿佛洛狄忒結婚。"

於是，阿瑞斯獲得自由，返回色雷斯；阿佛洛狄忒前去帕福斯，在海水中重新獲得貞潔。

阿佛洛狄忒對赫耳墨斯很滿意，因為他直言不諱，公開承認他愛她。於是她和他歡聚一夜，良宵縱情的結果是兩性同體者赫耳瑪佛洛狄托斯。她也很高興波塞冬能夠出面為她進行交涉，為此她跟波塞冬生了兩個兒子，羅杜斯和赫羅菲盧斯。毋用贅言，阿瑞斯拒不執行當初的決定，理由是，連宙斯都不肯退禮，為甚麼要由他來支付。結果，沒有人為此付出金錢，說到底，這還是因為赫淮斯托斯對阿佛洛狄忒愛得神魂顛倒，絲毫沒有休妻的打算。

十四 拉托娜 —— 阿波羅和狄安娜的母親

朱庇特的不少冒險活動都和他的風流韻事有關聯。他的女后在神祇中也有情敵：譬如說，提坦神科俄斯和福柏的女兒 —— 黑暗女神拉托娜就是朱庇特的心上人。這位女神是阿波羅和狄安娜的母親。朱諾對她怒火從未平息過。女后下令她不得在任何陽光普照的地方分娩。拉托娜在躲避朱諾的狂怒的時候曾一一懇求愛琴海的島嶼給她一席容身之地；但它們震攝於天后的威力，未敢同意。只有得羅斯島同意成為未來神祇的誕生地。當時，這座小島飄浮在水面上，並不穩固；但朱庇特在拉托娜抵達以後用堅固的鏈條綁住島嶼並固定在海底深處，使之成為他心上人安全的休息場所。

拉托娜為了躲避妒心重重的白臂朱諾的迫害，不得不漂泊四方。最後她來到了呂西亞，懷裏抱着朱庇特幼小的子嗣，疲乏不堪，口渴難耐。於是就發生了下面的這樁事情。這個備受迫害的女神無意間發現山谷底有一池清水，村民們正在潭邊攀折楊柳。她走過去趴在水潭邊沿上，想喝點清涼的溪水，滋潤喉嚨。但是那些鄉下佬不許她碰溪水。"你們為甚麼禁止我喝水呢？"她問道，"水本來是世人共有的財產，可是我現在向你們討要。我雖然走得疲憊不堪，但並沒有想在池中盥洗解乏。我只不過是想喝兩口解解渴。你們給我的是一點水，在我看來那就是甘露。我一輩子都不會忘記你們的恩情的。看在這兩個嬰兒的面上，發發善心吧，他們伸出了小胳臂，好像在替我向你們求情啊。"

可是這些粗人蠻不講理；他們甚至出言不遜，還威脅說如果她再不趕快走開他們就要動武了。他們跳到潭裏，來回走動，用腳攪起池底的污泥，使池水渾濁得無法飲用。這可激怒了女神，她不再向這些粗人們求情。她舉臂向天，呼叫道："願他們永遠走不出池塘，世世代代以塘為家！"她的話應驗了。直到現在他們還住在池塘裏，有時候潛入水中，然後探出頭來吹吹風，或是在水面上游來游去，有時候他們爬上岸來，逗留片刻，又跳入水中。他們呱呱地叫着；咽喉腫脹，嘴唇因為不停地罵人變得又扁又大，脖子萎縮得不見蹤影，腦袋和身體緊接起來。他們的脊背變成青色，不成比例的大肚皮一片青白。他們就是住在池沼裏的青蛙。

十五　拉托娜和忒拜王后

　　忒拜的王后尼俄柏有不少可以引以為驕傲的東西。但使她得意洋洋的不是她丈夫的盛名，不是她自己的美貌，不是他們高貴的血統，也不是他們王國的勢力，而是她的孩子們。的確，如果她不是那樣自我標榜的話，她本來可以成為一個最幸福的母親。就在一次為拉托娜與她的子女阿波羅和狄安娜舉行的一年一度的慶祝會上，尼俄柏出現在羣眾當中，以一種傲慢的眼光打量着人羣，用以下的語句表達了她的不滿情緒。"多蠢，"她說道，"這一切多麼蠢！你們對從來未見過的人物倒比對站在你們面前的人還尊重！你們為甚麼要對拉托娜如此崇拜而對我卻不屑一顧？我有七兒七女。難道我沒有值得驕傲的理由嗎？難道你們寧可崇拜拉托娜而不崇拜我？這個提坦的女兒只有兩個孩子，我卻有她的七倍。我多子多女就是我的安全保證，我感到自己強大得就連命運女神也對我無能為力。取消這些儀式吧，摘掉你們額上的花環，結束這場朝拜吧！"百姓們都遵命離去，這場神聖的禮拜就這樣被攪亂了。

拉托娜非常生氣，她對兒子和女兒説："我的孩子們，除非你們保護我，否則就沒人朝拜我了。"她正氣呼呼地説着，阿波羅打斷了她。"別再説了，"他説道，"講話只會耽擱懲罰。"狄安娜也這麼説，於是他們駕着雲朵，劃破天空，落到了忒拜城的塔上。城門外是一片開闊的平原，城裏的青少年正在那裏做打仗遊戲。尼俄柏的兒子們也在和其他人一起玩耍，有的騎在打扮得十分華麗的歡蹦亂跳的馬上，有的駕駛着漂亮的戰車。大兒子伊斯墨諾斯正駕駛着他那些口吐泡沫的戰馬，突然空中飛來一支箭把他擊中，他大喊一聲"啊呀！"，鬆開了韁繩就倒下死去。另一個兒子聽到了弓箭的響聲，催馬飛奔企圖逃命，結果還是被那無法躲避的利箭趕上了。另外兩個小兒子剛完成作業，來到運動場準備做摔跤遊戲。當他們胸貼胸地站在一起時，一支箭射穿了他們倆。一個叫阿爾非諾的哥哥看到他們倒下了，便跑過來企圖救護他們，結果在盡手足義務的過程中中箭倒地。現在只剩下一個兒子，他就是伊利恩諾斯。"饒了我吧，眾神！"他對所有的神道，卻不知神祇不需要他求情。阿波羅本想饒了他，可是箭已離弦，為時已晚。

　　尼俄柏很快地就明白出了甚麼事。她簡直難以相信。

她的丈夫安菲翁承受不了打擊，自殺了。尼俄柏跪在橫七豎八的屍體前，一會兒吻吻這個兒子，一會兒吻吻那個兒子。她把蒼白的雙臂舉向天空。"殘忍的拉托娜，"她說道，"用我的悲痛填滿你的憤怒吧！可你的勝利在哪兒呢？儘管我失去了兒子，我還是比你富有，我的征服者。"話音未落，一陣弓響使在場除尼俄柏之外所有的人都為之悚然。那些姐妹們身着喪服站在死去兄弟們的棺柩旁。一個中箭倒下了，正倒在她剛才為之嚎啕大哭的兄弟的屍體上。另一個正在竭力安慰母親，突然啞口無聲，癱倒在地死去了。第三個企圖逃跑，第四個想躲藏起來，第五個站在那兒發抖，不知如何是好。現在六個女兒已經死去了，只剩下了一個。母親用雙臂把這最後一個緊緊摟在懷裏，用全身掩護她。"饒了我這一個吧，這是我最小的！"她哭喊道。就在她訴說的時候，那最後一個也倒地身亡。她絕望地坐在死去的兒子、女兒和丈夫的中間。微風不能掠起她的頭髮，她的雙頰已沒有血色，她瞪大眼睛凝視前方一動不動，她已經沒有任何生命的跡象。她從裏到外變成了一座石像，不過她的眼淚正在流淌。她被一陣旋風帶回她出生的山巒上。至今她仍是一座石像，一塊巨大的巖石，從中斷斷續續地流出一條小溪，那就是她永無休止的悲傷的見證。

十六　阿波羅與風信子

　　遠射之神阿波羅的火一般的威力不只是使夜間出沒的惡魔膽戰心驚，他要是和哪個少年小夥攀起交情來，會親密無間，但也往往會給對方招來危險。例如，他十分喜愛一個名叫許阿鏗托斯的少年。這個後生運動嬉戲時，佩着銀弓的神祇總要去陪伴：去捕魚，他拿着網；去狩獵，他牽着狗；去爬山，他不離左右。他整日忙着這些事，竟顧不上彈奏里拉琴和拉弓射箭了。有一天，他們玩套圈遊戲；阿波羅使出了力氣和技術把鐵餅高高地拋到空中，扔得又高又遠。許阿鏗托斯玩興正濃，急不可待地也要一顯身手。他朝還在飛着的鐵餅奔去，伸手去抓，但是這顆鐵餅着地後又反彈起來，恰恰擊中許阿鏗托斯的前額。他暈倒在地。那個神祇的面容頓時失了血色，變得和許阿鏗托斯的一樣慘白。他托起了許阿鏗托斯的身軀，想盡辦法止血，但都沒有奏效，沒能留住飛逝的生命。就像花園中一株被掐斷了莖的百合，枝頭下垂，花朵向地，奄奄一息的許阿鏗托斯的脖子也彷彿失去了支撐力，腦袋沉重地耷拉在肩膀上。"許阿鏗托斯，君去矣！"福波斯哀歎道，"是我奪去了你年輕的生命，但願我能替你一死！但是此願既不能遂，我將奏曲頌你，長歌述你，你將化為一株鮮花，花瓣上載刻着我的悔恨。"就在這位金光四射的神祇這般訴説着的時候，剛剛流在地上染紅了草木的鮮血消失了，從地裏開出一朵花，色澤比泰爾紅紫還要豔麗，形狀與百合一般，所不同的是這朵花呈姹紫色，而百合花是銀白色的。福波斯接着又賜給它更大的榮耀，在花瓣上劃出"AI！AI！"的紋路，用以表示他的哀思。這種花 —— 風信子 —— 就以"許阿鏗托斯"為名。每逢春回大地的時節，它就盛開怒放，以紀念這少年的遭遇。

　　據傳説仄費洛斯（西風）也很喜愛許阿鏗托斯，但許阿鏗托斯與阿波羅較諸與他來往得親密，他因而產生了妒意。就是他把鐵餅吹偏了方向，使它打到許阿鏗托斯頭上的。

十七　法厄同 —— 阿波羅與克呂墨恩之子

　　法厄同是阿波羅和水澤仙女克呂墨恩所生的兒子。有一天朱庇特和伊俄的兒子厄帕福斯嘲笑他，說他不是神祇之子。法厄同向母親克呂墨恩訴說自己受到的侮辱。她就遣他去見福波斯，親自問清楚她在父親問題上所說的是不是真話。法厄同興致勃勃地朝太陽升起的地方走去，進入太陽宮。太陽神見到進來的小青年被他從未見到過的這宮殿周圍的輝煌場面弄得頭暈目眩，就問他到這裏來有甚麼事情。那青年答道："我請求你給我一些憑證，以向人們證明我確實是你的兒子。"那為父的叫他走過去，指着斯堤克斯河發誓說，不論他提出要甚麼憑證都將如願以償。法厄同毫不遲疑地提出要駕駛一整天太陽車。父親向他解釋這麼做會遇到的危險，企圖說服他放棄要求。"除了我以外，誰也不能駕駛噴火的白晝之車，就連朱庇特也駕駛不了。這條路開始的一段非常陡峭；中間的一段在天的高處，從那裏往下看，就連我也難免要膽戰心驚呢！路程的最後一段急轉直下，必須格外地小心謹慎才行。更為可怕的是天不停地旋轉，處在天旋地轉之中，你能不迷失方向嗎？這條路還要穿過惡魔成羣的地方。駕駛這些馬匹並不容易，牠們口鼻裏噴吐出的全是烈火！"可是青年不聽勸告，仍然堅持自己的要求。福波斯最後不得已才帶他到停放神車的地方。

神車是伏爾坎用金子做的贈品，魯莽的小夥子看得目瞪口呆。這時黎明之神敞開了通向東方的紫紅大門，羣星漸漸稀疏。那做父親的見到大地已露熹微，就命令時辰女神去套馬。父親用一種非常有效的油膏塗抹在兒子的臉上，使他能禁得住灼熱的火焰，又將日光的金冠戴在兒子的頭上，然後沉重地歎口氣，告誡他：不要用鞭子，捏緊韁繩；不要走五個圓圈中間的那條直道，要向左拐；到了中間地區要走在圈子裏，既不要偏北，又不要偏南；最後一點是順着留下的車轍走，不要離天太近，也不要離地太近。

說話之間，手腳靈便的小夥子已縱身躍上了太陽車。可是沒過多久，馬兒就覺察出來拉載的重量比往常要輕得多。馬匹向前奔馳，偏離了故道。大、小熊星座開天闢地第一遭被灼傷了，巨蛇座被烤得全身發燙，牧夫座則倉皇逃命。

不幸的法厄同低頭向地球上張望時，只見腳下是茫茫一片，他變得六神無主；而當他抬頭向天上看時，只見到處都是惡魔的形體；這孩子嚇得魂不附體，扔掉了韁繩。脫韁的馬匹向天空中星際間的陌生地區奔去，太陽車在車馬不到的地方顛簸着，一會兒朝天上跑，一會兒朝地下衝。月亮看到兄弟的車竟走在自己車路的下面，不知發生了甚麼事情。雲彩冒煙了，密林覆蓋的山巒起火了。

　　法厄同見到世界燃燒起來了，據説埃塞俄比亞人也是在這個時候變成黑人的；利比亞烤乾了，成了今日我們見到的荒漠。泉澤女神披頭散髮，為失去水鄉家園而哀傷。躲在堤岸下的河流也遭了難；尼羅河逃向荒漠，一頭鑽進沙漠。土地龜裂，亮光從裂縫裏鑽進地獄塔耳塔洛斯，嚇壞了冥王和王后。海神涅柔斯不得不帶着妻子多里斯和女兒涅瑞伊得斯們躲到最深的洞穴裏。涅普頓升到海面，想探出頭來看個究竟，他試了三次，三次都被炎熱灼得縮回水裏。大地女神用手掌保護住臉面，抬頭向天，向朱庇特祈禱。擎着天宮的兩極冒出煙來，萬一它們燒斷了，上面的一切就都會摔下來。

　　於是朱庇特召集眾神親眼目睹眼前的危急：如果再不立即採取措施的話，頃刻間天地就要毀滅。他一聲雷鳴，用右手朝太陽車的馭手射出一陣霹靂。法厄同翻下車來，頭朝下跌落着，一路上燃燒着的頭髮發出光亮，就像劃過天空的流星。大河厄里達努斯接受了他，他的赫利阿得斯姐妹們對他的不幸遭遇萬分悲痛，都變成了河堤兩岸的白楊樹，她們流下來的顆顆淚珠落到河裏變成了琥珀。

十八　阿波羅為凡人牧放

阿波羅賦予兒子埃斯枯拉庇烏斯以醫藥技術，他甚至能起死回生。這使普路同驚恐萬狀；他説動了朱庇特發出一陣霹靂，擊斃了埃斯枯拉庇烏斯。兒子的遇害使阿波羅怒不可遏，他向製造雷電的無辜工匠尋釁報復。這些工匠就是獨目巨人庫克羅普斯，他們的作坊就建在埃特納山火下，所以那座山時時噴吐着鐵匠爐裏冒出的煙火。阿波羅向鐵匠庫羅普斯發箭加害，惹惱了朱庇特。他把阿波羅貶到下界替凡人勞苦一年。於是阿波羅做了忒薩利亞國王阿德墨托斯的長工，負責在阿姆弗里索斯河綠茸茸的堤岸上放牧國王的羊羣。

阿德墨托斯想娶珀利阿斯的女兒阿爾刻斯提斯為妻，可是她還有別的求婚者。珀利阿斯提出誰若能駕着一輛由雄獅和野豬拉套的車子來求婚，誰就能贏得他的女兒。這件難辦的事情，阿德墨托斯靠神仙牧羊倌阿波羅的幫助完成了。他如願以償和阿爾刻斯提斯結成良緣。可是不久他患了病，眼看就要命赴黃泉。阿波羅說服了命運三女神免他一死，條件是要有人替死。阿德墨托斯聽說可以免去一死的消息只顧高興，沒有考慮要付出的代價是怎樣的大。也可能當時他想起了寵臣隨從們表忠心的話語，認為在他們中間不難找到一個替身。但是出乎意料，那些願為國王戰死疆場的勇士們不肯替他死在病榻上，那些自幼蒙受浩蕩皇恩的老僕們不願意捨棄風獨殘年作為報答。人們問道："為甚麼他的父親或是母親不做他的替死鬼？按照自然進程他們壽命不長了。兒子的生命既然是他們給予的，還有誰比他們更深切體會拯救兒子免於早夭的必要性呢？"他的父母雖然想到要失掉兒子時悲痛萬分，但是在替死的號召前還是畏縮不前。這時富有慷慨獻身精神的阿爾刻斯提斯挺身而出，願做替身。阿德墨托斯雖然珍惜生命，但要用這麼高昂的代價去換取，本來是絕對不會同意的。可是他已經作出許諾，不好反悔了。命運女神提出的條件有人承擔了，這筆天命交易也就拍板定案。阿德墨托斯一天天地好起來，阿爾刻斯提斯卻臥牀不起，而且病情急轉直下，很快就奄奄一息了。

　　恰巧在這個時候赫耳庫勒斯來到阿德墨托斯的宮殿，見到宮廷上下人人都沉浸在哀痛之中，因為忠貞的妻子、敬愛的女主人將不久於人世。赫耳庫勒斯是位無堅不摧的英雄，他決心把阿爾刻斯提斯從死亡中拯救出來。他進入後宮，埋伏在垂死的王后的寢宮門外。死神來勾攝生魂的時候，他揪住死神不放，迫使他放棄受害者。阿爾刻斯提斯恢復了健康，重新回到了丈夫的身旁。

十九　音樂家阿波羅 (一)

　　音樂家阿波羅有一次殺死了一個林神。那事情是這樣的。一天，雅典娜用鹿骨做了一支雙管長笛並在眾神宴會上吹奏。她起初弄不明白，為甚麼別的神祇都很喜歡她的音樂，而赫拉和阿佛洛狄忒卻用手捂着嘴暗暗偷笑。於是，她獨自一人走進佛律癸亞的一座森林，在河邊吹奏笛子，邊吹邊觀察自己在水裏的倒影。她馬上發現她吹笛子時臉色發青，雙頰腫脹，顯得滑稽可笑。她扔掉笛子，並且詛咒把笛子撿起的人。

林神瑪耳緒阿斯——女神庫柏勒的隨從——便是這咒語的無辜犧牲者。他無意中撿起笛子，剛放到唇邊，笛子由於還在雅典娜音樂的影響下便自動演奏起來。他追隨庫柏勒走遍佛律癸亞，用笛聲打動了無知的鄉野村民。他們胡言說阿波羅未必能用里拉琴演奏出更為動聽的音樂；瑪耳緒阿斯實在糊塗，居然想不到去糾正這種說法。這事當然惹得阿波羅火冒三丈，他邀請瑪耳緒阿斯和他進行比賽，規定勝者可以用任何方式懲罰輸者。瑪耳緒阿斯欣然同意，阿波羅組織繆斯當評獎團。雙方的比賽始終打成平局，繆斯們對兩種樂器都十分欣賞。後來，阿波羅向瑪耳緒阿斯屬聲喝道："你能不能像我一樣演奏你的樂器？把它倒過來拿，而且還要邊演奏邊唱。"

很明顯，笛子不能倒過來吹，更不能邊吹邊唱；瑪耳緒阿斯沒法接受這一挑戰。但是阿波羅倒着拿起里拉琴，邊奏邊唱讚美奧林波斯山諸神的歌曲，歌聲悅耳動聽，繆斯們不得不判他為勝方。接着，阿波羅儘管表面裝得溫文爾雅，但對瑪耳緒阿斯作出了十分殘酷的報復：他生剝瑪耳緒阿斯的皮，把他的皮釘在以他命名的河的發源處的一棵松樹上（一說是棵梧桐樹）。

二十　音樂家阿波羅 (二)

據說有一次在某種場合下，潘輕率地誇口說，他演奏的樂曲可以和阿波羅的媲美，他還向這位奏里拉琴的神衹挑戰，要和他一試高低。挑戰被接受了，山林之神特摩羅斯受聘為裁判。老人在裁判席上就座，撩開耳邊的樹條，凝神聆聽。開始的信號一發出，潘就吹起了排簫。他奏的是鄉村小曲，自己得意非凡，也使碰巧在座的忠實門徒彌達斯聽得心曠神怡。潘吹奏完畢，特摩羅斯便轉臉向着太陽神；所有的樹木都隨着他一起轉動。阿波羅站起身，他頭戴帕那索斯的桂冠，身披拖地的泰爾紅紫色的長袍，左手抱琴，右手撥動琴弦。特摩羅斯立刻判里拉琴的神衹是這場比賽的優勝者。所有的聽眾都接受這一裁判，只有彌達斯不服氣。他提出質問，說裁判不公允。阿波羅當場把他那對不辨雅俗的耳朵變成了一對驢耳朵。

彌達斯只好戴上一條大頭巾以遮蓋醜態。可是他的理髮師儘管小心謹慎，但還是不能把這個秘密埋在心底。於是，他在地上挖了一個洞，伏下身子，朝洞裏把秘密說了一遍，然後用泥土把洞口堵住。但是，地裏長出了茂密的蘆葦，悄聲細語地講述着這件秘密。時至今日，只要微風拂過，蘆葦就會細細說來。

二十一　達佛涅──阿波羅的初戀情人

阿波羅的第一個情人是達佛涅。事情的發生絕非偶然，而是丘比特故意搞的鬼。阿波羅剛斬殺了蟒蛇皮同，得意非凡，見到那孩子擺弄弓箭就說道："淘氣鬼，打仗用的武器哪裏是小孩子玩的？把它們交給有資格用的人吧！看到我的成就了嗎？就是我靠弓箭除掉了盤踞數英畝的那條大毒蛇。孩子，還是玩火炬吧，照你的話說，就是點燃情火。你愛在哪兒點火都沒有關係，可是別再擺弄該由我使用的武器。"

維納斯的孩子反駁道："你的弓箭可以射中萬物,阿波羅,但是我的卻能射中你。"説着他飛到了帕耳拿索斯的一塊巖石上,從箭袋裏取出了兩支造法不同的箭,一支有激發愛情的功能,另一支卻會使人拒絕愛情。生愛的是尖頭金箭,拒愛的是鈍頭鉛箭。他把鉛頭箭射向河神珀紐斯的女兒,水澤仙女達佛涅,把金頭箭射向阿波羅,箭穿心而過。從此,阿波羅對那位少女產生了強烈的愛情,而姑娘卻對愛情深感厭惡,她只愛好在林中打獵逐獸。求愛者接連不斷,但她一一回絕,不予理睬,整日在樹林徘徊尋獵,無心顧及丘比特和婚姻之神許門。她的父親常説:"女兒,你該為我找個女婿了,你該為我生養外孫了。"她總是羞得滿面通紅,她討厭結婚,覺得結婚就是犯罪。她摟着老父的脖頸説:"最親愛的父親,請允許終身不嫁,就跟狄安娜一樣。"他答應了這要求,但又説道:"你的容貌恐怕使你難以獨身一輩子。"

　　阿波羅愛着她,渴望與她給合。他能給世人作出神諭,但對自己的前途命運卻説不出將或何如。他見到她披散在肩頭的長髮就想:"這頭髮隨便披着已是如此迷人,經過梳理,將會有怎樣的風采?"他把她明亮的雙眼比作天上的明星,見到她的小嘴,就不能自持。他讚美她裸到了肩頭的雙臂和雙手，暗忖那衣服遮蓋的部分不知要美麗多少倍。他盯她的梢，她拔腿就跑，迅疾如風，不論他怎樣地百般請求，也不肯放慢腳步。"站一站，"他說，"珀紐斯的女兒，我不想傷害你，不要像羊羔見了惡狼，馴鴿見了老鷹似的躲着我。我追你是因為我愛你。我不是小丑，不是鄉野村民。我父親是朱庇特，我本人是主管歌舞管弦的神。我射箭百發百中，但不幸的是，自己卻被一支更加致命的箭刺穿心房！我司掌醫藥，諳知百草的療效。可歎的是我的病痛卻找不到香膏來治愈。"

他的懇求還沒有說完，少女已經跑遠了，就連她奔跑的姿態也那麼令人心醉。疾風吹起她的長袍，鬆散的青絲飄逸於腦後。阿波羅見到她把他的知心話全當耳邊風，就不耐煩起來。在丘比特的鼓動下，他竟趕了上來。那情景就像獵狗追逐野兔，一個張着大嘴就要下口去咬，而那弱小的動物，連蹦帶竄，叫牠捕追不着。神祇和女貞就這麼一前一後地跑着——他插上的是愛情之翼，她踏着的是恐懼之輪。可是追的比逃的速度要快，眼看就要趕上，他噴出來的氣已經能吹起她的頭髮。她跑得雙腿發軟，力不從心了，於是她乞求父親河神："救救我，珀紐斯，讓大地張開口把我吞掉，要不然改變我的形體，免得再惹來這種危險。"話剛説完，她就四肢發僵，上半身長出一層嫩樹皮，頭髮變成綠葉，雙臂變成枝葉，兩腳釘在地上就像扎在地裏的樹根；面孔變成了樹冠，完全失去了原來的人形，但是優美的儀態猶存。阿波羅愕然不知所措。他用手觸摸樹幹，感到隱藏在新樹皮下的肌肉還在索索發抖。他把所有的枝幹都摟在懷裏，這處那處地親吻着，枝條躲閃着他的嘴唇。"既然我不能娶你為妻，"他説，"就要你做我的聖樹。我將把你戴在頭上作王冠，用你裝飾竪琴和箭袋。等到偉大的羅馬征服軍凱旋回到首都，我就用你編成花冠給他們加冕。我的青春常在，你也將四季常青，綠葉永不凋零。"仙女現在已是一棵月桂樹了，它垂下頭，表示謝意。

二十二　拒絕阿波羅求愛的另一少女

另一位少女，瑪耳珀薩，也拒絕了阿波羅的求愛。荷馬稱她為"歐厄諾斯的有着美麗腳踝的女兒"：

她人間尤物的國色天香直上雲霄

九重天上的神祇阿波羅為之神魂顛倒

但是，伊達斯，"人中之龍"，在波塞冬的幫助下，用他所贈的飛車將她帶走。歐厄諾斯未能追上這對遠走高飛的情人；但是阿波羅在墨塞涅發現了他們，強行奪走了少女。兩位情敵互相搏殺的時候，朱庇特把他倆拆開，並說："讓她來作抉擇吧。"

英國詩人斯蒂芬‧菲利普斯為此寫了一首富有浪漫色彩的詩歌。據他所述，先開口的是阿波羅。天神告訴瑪耳珀薩，只要想到像她這般如花似玉的美人有朝一日將飽經憂患命赴黃泉，他就不寒而慄；他還說，如果她和他匹配良緣，她可以居住

在九天之上的極樂世界

起居飲食於和平之中，在那裏走動

帶來狂喜，激動則是恬靜

她將長生不老，永不休止地散播歡樂，光照人寰，給苦苦掙扎的男人和哀傷的女人以幸福，並驅散陰影和陰影般的恐懼。

接着，伊達斯謙恭地說：

"聽了這番論述我還能作何爭辯？

還能作甚麼空洞無力的諾言？然而，既然

女人的天性是憐憫而不是企求，

我將説上幾句話。"

於是，他言簡意賅地告訴她他愛她 —— 他愛她，不
僅因為她有傾國傾城的容貌，而且

"因為無窮無垠體現在你身上，

你充滿了聲響和暗示，陰影和預兆。"

還因為她的噪音就是音樂，她的面容是他無法理解的奧秘。

瑪耳珀薩呢？ ——

在他訴説時，她珠唇微啟

輕輕喘息，目光恍惚，身體前傾

猶如在夢中，她玉手握住

他凡人的手；對阿波羅説 ——

她知道和神祇永遠在一起扶助受苦受難的男男女女，"使
從死者中間抬起的面孔帶上光彩"是十分美滿的事情；然
而，她仍然懼怕長生不老，因為儘管她不會一命嗚呼，她
一定會日漸蒼老，一旦人老珠黃，她的天神情人就會嫌棄
她。至於他答應的"永無傷心淚的生活" ——

"我是凡人，想念人間的憂傷；

我聽人們常説，音樂一半是

出於哀痛。"

她生來就要歷經憂患悲痛。人類是在悲傷中建立美好的世界。如果她挑選伊達斯為夫婿，他們兩人將同享富貴榮華，白頭偕老，最後老死入黃土，給人間留下意味深長的回憶。

　　她說完以後，伊達斯一聲歡呼

　　把她擁在懷裏，四下一片靜寂；天神

　　怒氣沖沖地走遠了。於是，他們兩人緩緩地

　　他俯首下視，她抬頭凝視

　　漫步走向暮色中的綠茵

二十三　太陽神與向陽花

　　克呂提厄是個水澤神女，愛上了阿波羅。可是阿波羅卻對她不理不睬。她憔悴了，整日坐在冰冷的土地上，無心梳洗，聽任滿頭亂髮披散着。九天九夜她坐着不吃不喝，只有眼淚和冰涼的露水是她惟一的食糧。她凝視初升的太陽，目不轉睛地追隨他走完每天的行程下山去。她目無他顧，臉總是向着太陽。人們傳說，後來她的手腳扎在地上成了根，臉蛋兒變成花盤，會在枝莖上轉動，永遠朝着太陽，追隨他走過每天的路程。這個由仙女蛻變而成的花盤上深深地保留着她昔日的愛戀之情。

二十四　阿耳忒彌斯（狄安娜）的天性

　　阿波羅的姐妹阿耳忒彌斯出入都隨身帶着弓箭。她跟阿波羅一樣有本事讓凡人暴死或得瘟疫，也有能力醫治他們。她是幼小兒童和一切哺乳動物的保護神，但她也酷愛狩獵，尤其喜愛打牡鹿。

　　她三歲的時候，有一天，她坐在父親宙斯的腿上，宙斯問她想要甚麼樣的禮物，阿耳忒彌斯立刻回答："請給我永恆的童貞，跟我兄弟阿波羅一樣多的名字，像他一樣的弓和箭，司光明的職責，一件桔黃色鍍紅邊的、長達膝蓋的、打獵時穿的短袖束腰外衣；還要六十個年齡一般大的大洋女神作我的侍從，二十個克里特島阿姆尼蘇斯河女神在我不狩獵的時候替我保管皮靴、餵養獵犬，世上所有的山巒；最後，隨你高興給我一座城市，一座就夠了，因為我打算大部分時間都住在山上。不幸的是，分娩中的婦女常常會祈求我的保佑；我母親勒托（拉托娜）懷我生養我的時候都毫無痛苦，因此命運三女神讓我做分娩婦女的保護神。"

她伸手去摸宙斯的鬍子，宙斯笑瞇瞇地不無驕傲地說："有你這樣的兒女，我不必懼怕赫拉的妒火了！這一切你都可以得到，我還要再給你更多的東西：不是一座，而是三十座城池，還要分管大陸和羣島上的各種事務；我任命你為大陸和羣島上的道路與港口的保護神。"

阿耳忒彌斯謝過宙斯，從他腿上一躍而下，先去克里特島的琉卡斯島，又到大洋河，挑選了無數的九歲神女做她的侍從；她們的母親都歡天喜地地送她們上路。阿耳忒彌斯又接受赫淮斯托斯的邀請，去利帕拉島訪問獨目巨人，發現他們在為波塞冬鍛冶馬槽。布戎忒斯接受了赫淮斯托斯的指示，要給阿耳忒彌斯製作任何她想要的東西。他把她抱起來放在腿上，但她不喜歡布戎忒斯的過於親熱的行動，把他胸前的汗毛揪掉一撮，使他甚至到臨終胸前還禿了一塊，叫人以為他長過癩疥。水澤女神們對獨目巨人可怖的面容和鐵匠工場震耳欲聾的嘈雜都深為害怕。但是阿耳忒彌斯膽子很大，叫獨目巨人們把波塞冬的馬槽暫時擱下，先給她做一把銀弓和一袋箭，作為報酬他們可以吃到她射倒的第一頭獵物。她拿着打好的弓箭去阿卡迪亞，潘正在那裏剝山貓餵母狗和小狗。潘送給她三頭垂耳狗、兩頭雜色狗和一頭花斑狗。牠們聯合起來能把活獅子都拖回窩裏去。他還送她七條迅若疾風的斯巴達狗。

阿耳忒彌斯活捉了兩對帶角的紅色雌鹿，她用金嚼子把牠們套上一輛金色的車子，趕着牠們向北走，越過色雷斯的哈厄木斯山。她在奧林波斯山砍削出她的第一把松枝火炬，利用給閃電擊過的樹的焦炭把火炬點燃了。她四次試用了銀弓：頭兩個目標都是樹木；第三次射了一頭野獸；第四次對準了一座城市裏不正義的人。

接着，她回到希臘，阿姆尼蘇斯神女為雌鹿卸套，替牠們按摩，用赫拉牧場上生長的、宙斯的駿馬食用的、能使牲口吃得肥長得快的三葉草餵養牠們，並且讓牠們在金光閃閃的槽子裏飲水。

二十五　狄安娜個人自由的侵犯者

　　下面的故事講的是童貞女神如何懲罰侵犯她個人自由的人。

　　時值正午，赤日當頭，卡德摩斯王的兒子，青年阿克泰翁對陪着他在山中獵鹿的小夥子們説：「朋友們，我們的網袋和弓箭都已被打到的獵物弄得血跡斑斑了，我們今天玩得夠高興了，明天還可以接着再幹。現在福波斯把大地曬得滾燙，咱們還是卸下裝備，盡情地休息吧！」

　　有一座松柏環繞的山谷是女獵后狄安娜的聖地。山谷盡頭有個巖洞，雖然沒有經過人工雕琢，但大自然似乎模仿了建築藝術，用巖石在拱形洞頂精巧地排列着，彷彿是能工巧匠蓋出的拱門。一股清泉從洞的一側湧出，聚成一個池塘，塘邊碧草如茵。森林女神狩獵歸來時，經常到這裏休息散心，她常在晶瑩的泉水中沐浴梳妝。

　　就是在這天，正當女神痛快淋漓地沐浴梳妝之際，阿克泰翁在他命運差遣之下闖到了這地方來 —— 他方才離開了夥伴而獨自信步漫遊。他剛在洞口露面，眾水澤仙女看到一個男人闖了進來，就尖叫着撲向女神，想用她們的身子把女神遮住。但是狄安娜身材高大，比她們大家高一頭。她被這突然襲擊弄得面紅耳赤，就像旭日或落日塗染的雲朵。她雖然被神女們團團圍住，還是習慣地轉身去取挎在腰上的弓箭。可是武器不在身上，她就撩起池水朝闖入者臉上潑去，並且說道："你要有辦法就去說你見到了赤身裸體的狄安娜吧！"頓時，他的頭上就長出了一對鹿角，脖子拉長了，耳端變尖了，雙手變成蹄子，雙臂成了長腿，全身長出一層有花斑的毛皮。英雄的銳氣頓時消失，他驚恐萬狀，掉頭便跑。他奔跑的速度連自己都禁不住要喝彩。他從水中見到自己長着鹿角的影子，本來想哀呼一聲："天吶，這可怎麼好！"可他張開嘴卻發不出聲。他呻吟着，淚水順着那已不再是人形的臉淌了下來。他還有人的意識。怎麼辦呢？—— 回家，還是躲在樹林裏？回到宮裏去吧，他感到羞愧；隱居在樹林中吧，他恐懼萬分。正在他這般躊躇不定的時候，獵狗發現了他。墨蘭波斯那條烈性狗狂吠一聲，發出信號，接着帕姆法古斯、多爾科斯、勒拉普斯、特隆、那佩、提格里斯和其他的獵狗迅若疾風地朝他撲來。他在前面逃，狗在後面緊迫不放；越過巖石峭壁，穿過峽谷絕徑。就在從前他鼓動狗羣追逐麋鹿的地方，如今他的夥伴們慫恿着狗羣追逐着他。他想高喊："我是阿克泰翁，快認清你們的主人！"但他發不出字音。狗吠聲震盪山谷，很快，一條狗撲到他的背上，另一條咬住他的肩膀，牠們把主人給擒住了，其餘的狗蜂擁而上，在他身上到處撕咬起來。他哀鳴着 —— 發出的不是人的聲音，但也絕不是鹿鳴 —— 他跪倒在地，舉目向天，他真想伸臂祈求蒼天，但他沒有了雙臂。他的朋友和同來的獵人們一面攛掇着羣狗，一面四處尋找阿克泰翁，呼喚他來看這場好戲。他聽到自己的名字就轉過頭來，聽見朋友們為他不在場而深感遺憾。他多麼希望自己真的不在場！看着狗羣撕咬獵物是件快事，但捱牠們的嘶咬卻可真要命。直至他被狗羣撕成了碎塊而嗚呼命絕，狄安娜的怒氣才消了下去。

二十六　俄里翁 —— 狄安娜的心上人

俄里翁是涅普頓的兒子。他是個英俊的巨人和膂力過人的獵手。他的父親賦予了他破浪前進的本領，也有人說是在水面上行走的本領。

俄里翁愛上了喀俄斯國王俄諾庇翁的女兒墨洛珀，並向她求婚。他射殺了島上所有的野獸，把牠們全都獻給了自己的意中人。可是俄諾庇翁總是拖延着不肯答應這門親事，俄里翁就想用武力霸佔這位少女。她的父親對這種行徑大為震怒，用酒灌醉了俄里翁，弄瞎他的雙眼，然後把他丟在海灘上。盲英雄順着庫克羅普斯打鐵的錘聲來到楞諾斯，摸到了伏爾坎的鐵匠爐前。伏爾坎十分同情他的遭遇，派了鐵匠克達利翁做他的嚮導，去找太陽神。俄里翁讓克達利翁騎在自己的肩上，朝着東方走去，找到了太陽神，陽光使他恢復了視覺。

自此以後，他就做了狄安娜的一名獵手，頗得狄安娜的寵愛，據說狄安娜甚至有嫁給他的意思。狄安娜的兄弟對此頗為不悅，經常訓斥她，但她總是不加理睬。有一天阿波羅見到俄里翁在水中行走，水面上只露出他的頭頂。他就指着這個黑點和狄安娜打賭說，她一定無法射中漂在水面上的這個東西。女神箭手射出了萬無一失的箭，命中目標。波浪將俄里翁的屍體沖到岸上，狄安娜知道自己犯了無可挽回的錯誤，傷心得痛哭流涕。後來她把俄里翁安置到星宿中去，人們見到的是一個巨人，束着腰帶，佩着劍，身披獅皮，手提短棍，身後跟着他的狗西黑烏斯，前面飛着普勒阿得斯七姊妹。

二十七　長眠者 —— 狄安娜的所愛

　　恩底彌翁是個英俊少年，是拉特摩斯山上的牧羊人。有一晚，月明星稀，月亮女神狄安娜俯瞰下界，看到了正在酣睡中的恩底彌翁。他非凡的美貌溫暖了童貞女神冷酷的心，她降到他身旁，親吻了他，然後守着他繼續安睡。她一而再，再而三地來看望他。但她不能長久地向奧林波斯山的夥伴們隱瞞她的秘密。她越來越經常離開她在天空的崗位，天快亮的時候她因為守護着他而顯得格外蒼白憔悴。終於，她的戀愛秘密為大家所發現，朱庇特讓受到這般寵愛的恩底彌翁作出選擇：要麼採用一種可取的方式結束他的生命，要麼在長眠中永葆青春。恩底彌翁選擇了後者。他至今還在卡里安的洞穴裏長眠不醒，月亮女神還常常偏離她夜行的航道去拜望他。據說，狄安娜也照顧了他的財產，使這些財產不致因其主人寂然的生活而有所減損。她繁衍他的羊羣，保護成羊和羊羔免遭野獸的侵襲。

恩底彌翁故事的世俗性很明顯，此中更有一種特殊的魅力。恩底彌翁是青年詩人的化身。詩人的幻想力與心靈苦苦地尋求着能使它們得到滿足的東西。靜謐的月夜是他最喜愛的時刻。在那皎潔、緘默的見證人的光照下，他玩味着吞噬他的憂傷和激情。這個故事使人想到熱切而富有詩意的愛情、沉湎於遐想的生活，以及心甘情願的早亡。

二十八　隨風生滅的花 —— 維納斯的所愛

有一日維納斯和兒子丘比特戲耍時，胸脯被丘比特的一支箭劃了一下。她推開了丘比特，但傷口比她想像的要深得多。在養傷期間，她遇到了阿多尼斯，一見傾心。以前她經常去盛產金屬的帕福斯、克尼多斯、阿馬托斯等地尋歡作樂，現在它們都變得索然無味了。她甚至時常不回天宮，因為她覺得阿多尼斯比天宮還要珍貴。他走到哪裏，她跟到哪裏，為他解悶作伴。過去她整日坐在樹蔭裏，無所事事，專注姿容，現在卻打扮得和女獵神狄安娜一樣，呼僕喚犬，穿山越林，追逐野兔麋鹿。她只射獵溫順的小動物，對因殘殺牲畜而渾身散發着血腥氣的豺狼熊羆卻躲得遠遠的。她還告誡阿多尼斯不要去冒犯那些猛獸。"對膽小的要拿出勇氣，"她說，"對兇猛的如果克之以剛，必然是危險重重。你時時要注意自己的安全，你是我的幸福，我不希望你拿生命去冒險。不要去招惹大自然賦予利器的野獸。我雖然珍視你的榮譽，但絕不同意你為此用生命作代價。你的青春英姿能使維納斯着迷，但不能打動雄獅、箭豬的心，牠們的鋒牙、利爪、粗魯蠻勁，想起來就令人膽戰。我憎惡整個獸族。你想知道原因嗎？"接着她講述了阿塔蘭塔和希波墨涅斯的故事，他們忘恩負義，她就把他們變成了獅子。

囑咐完畢，她就乘上天鵝駕駛的車，騰空飛去。但是驕傲的阿多尼斯哪裏把這些話放在心上。他的獵狗將一頭野豬趕出了窩。他舉手擲出長矛，從側面刺進了野豬的身體。那野獸用嘴放出長矛，直朝阿多尼斯衝來，阿多尼斯扭頭便跑，但躲閃不及，野豬趕了上來，用獠牙刺入他的腰部，他被掀倒在地，奄奄一息。

維納斯乘着天鵝車還沒有駛到塞普路斯，就聽到半空中傳來她意中人的呻吟。她立即掉轉白翼馱夫的車轅往回趕。臨近出發地點時，她凌空看到臥在血泊中的阿多尼斯。她下車伏在屍體上嚎啕大哭，捶着胸，撕扯着頭髮。她責罵着命運女神道：“她們只能取得部分的勝利，因為我為此哀傷的標誌將與天地共存。阿多尼斯啊，從今以後，每一年都要重溫一次你的死亡和我的哀悼。你的鮮血將化成花朵，算是對我的慰藉，這一點誰也不能妒怨。”說着她將神酒灑在血泊裏，酒摻合到血裏，泛出氣泡，彷彿雨滴落入水池。一小時後，一朵殷紅有如石榴花一般的鮮花平地而生，但花期不長。據說，經風一吹花苞就吐蕊，再一陣風，花瓣就飄零。所以人們稱它為白頭翁或風花，因為風能催它生發，又能催它凋謝。

二十九　丘比特愛上了普緒刻

　　有一位國王和王后生了三個美麗的女兒。最小的一個尤其因為她的容華，而遠近聞名，鄰國的人們成羣結隊地湧來，以求一飽眼福。

人們對於這位凡間女子有如對神一般地供奉讚美，惹得維納斯十分惱怒。她把兒子丘比特叫了來，對他說："往這個傲慢的女子心中注入對某個低下的、卑鄙的俗子小人的戀情。叫她雖然今日得意洋洋，到頭來卻倍感屈辱。"

丘比特趕到了普緒刻的臥房，見她正在熟睡，他就在她唇上灑了幾滴取自維納斯花園裏的苦泉的水，然後用箭頭觸了觸她的腰身。這一下把她弄醒了，她睜開雙眼，正對着丘比特的方向望着；丘比特大吃一驚，慌亂間竟被自己的箭刺傷了。

普緒刻因為遭到了維納斯的嫌棄，從此不能因美貌而得益。沒有一個國王，或王室青年，甚至平民前來向她求婚。她的父母去阿波羅廟求神諭，他們得到的答覆是："這個貞女命定在人世間是找不到情郎的。她的丈夫正在山巔等待着她！他是個神與人都鬥不過的惡魔。"

普緒刻說："把我送到我那不愉快的命運注定我所該歸宿的巖石上去吧！"於是按照婚禮的要求作了一切準備。王室少女的雙親伴她登上山巔，然後將她獨自留在山上。柔和的仄費洛斯將她從地面吹起，輕盈地載她到一個鮮花盛開的山谷裏。

她舉目四望，只見不遠處有一個盡是參天大樹的小林。她走了進去，在樹林深處見了一眼清泉，泉旁直立着一座富麗堂皇的宮殿，那肅穆的前壁表明這一切絕不是出自世俗工匠之手——這裏一定是某個神祇的行宮。她壯着膽子走進宮內，裏邊的一切都令她又驚又喜。

正當她目不暇接地觀察着時，有個聲音向她發話了："女主人，您在這裏見到的一切全屬於您。我們都是您的僕人。請回到臥房去在鴨絨鋪的牀上稍事休息吧。晚飯就擺在小套間裏，供您隨時享用。"普緒刻聽從這些有聲無形的僕人的意見。

命運為她安排的丈夫總是夜間來，破曉去，所以她一直沒有見過他的顏面。她常常要求他白天也留在她身邊，讓她親眼見見他的面容，但他從不答應。日子一長她開始想家了。有一夜，丈夫來後，她傾訴了心頭的鬱悶，終於使他勉強同意接她的姐姐們來宮裏探望。

於是她召來了仄費洛斯，他把她的兩個姐姐攜過高山，降到她居住的山谷中來。妹妹的榮華富貴使姐姐們相形見絀。見到金碧輝煌的宮殿裏的仙界奇珍，她們的妒意油然而生。

兩位姐姐於是這樣對普緒刻說："神諭說你命中注定要嫁給一個窮兇極惡的巨妖。這兒山谷裏的居民都說，你丈夫是條巨大的魔蛇。聽我們的話吧。等他睡熟時你悄悄地下牀，親眼看個明白。要是他們説對了，你就割下那惡魔的頭，這樣你才能恢復自由。"

兩個姐姐走後，普緒刻終於抵擋不了她們的慫恿和自己的好奇心。於是她準備了一盞燈、一把快刀。那晚，她丈夫剛一睡着，她便悄悄地起身，取出燈。但她照見的不是面目猙獰的惡魔，而是那最美麗、最動人的神祇。不巧一滴熱油落在神的肩膀上，他驚醒過來睜眼一看，便展開翅膀從窗戶飛了出去。普緒刻妄想尾隨他飛去，但卻從窗口摔倒在地。丘比特停下片刻對她説："我娶你作妻是違抗了母命的，而你還要把我當作惡魔！算了，你走吧。彼此猜疑怎能相愛？"説完，他就飛走了。

她向四周張望，發現宮殿、花園都消失了，她竟是臥在離她姐姐的城市不遠的一片荒野裏。她投奔姐姐，講述了自己不幸的遭遇。兩個卑鄙無恥之徒聽了以後，表面上十分同情，內心卻都暗暗慶幸。第二天大清早，她倆不約而同地爬上那座山，站在山頂上召喚仄費洛斯來接待她們，把她們送到他主人的家中。説畢，她們縱身躍下，然而因為仄費洛斯沒有來托起她們，兩個人都墜到崖下，摔得粉身碎骨。

三十　普緒刻與丘比特結為伉儷

　　普緒刻不食不眠地日夜尋訪丈夫。她看到大山的絕壁處有座廟宇。她自言自語道："説不定我的夫君就住在那裏。"於是她就朝那個廟宇走去。

　　一進廟門，她見到地上堆着許多玉米，中間還摻雜着大麥穗。一些收割用的農具，如鐮刀、耙子等也橫七豎八地丟在地上。

　　虔誠的普緒刻認為對哪個神祇都該尊重，不能怠慢，應該用自己的虔敬爭取所有的神都來幫助她。於是她動手把各種物品分門別類地整理得有條不紊。這本是神聖的刻瑞斯的殿堂，當她看到普緒刻如此敬神，就對她說："到你的女主人和君主維納斯那裏去向她請罪吧。"

　　普緒刻聽從刻瑞斯的指示，朝維納斯神廟走去。女神見到她來，滿面怒容。她命人將普緒刻帶到神廟的庫房，那屋子的地上堆着厚厚一層喂鴿子用的小麥、大麥、小米、野豌豆、蠶豆和扁豆。維納斯說："天黑前把這些五穀按品種揀出來，分別裝到不同的袋子裏。"

就在普緒刻在絕望之下木然地坐在地上發呆的時候，丘比特喚起螞蟻對她的同情心。蟻山的領袖率領一羣羣的六腿臣民，用嘴一粒粒地銜起五穀，按品類分裝在不同的口袋裏。

黃昏時分，維納斯從眾神宴會上歸來。當她見到工作圓滿完成了，就大叫道：「這活兒不是你幹的，是他替你幹的。」

第二天早上維納斯令人把普緒刻叫來，告訴她說：「你看，沿着河堤有一片樹林。有一羣無主的山羊正在裏面吃草，羊背上長着金光閃爍的羊毛。我要你從每一頭羊身上拔下一把羊毛拿來給我看。」

普緒刻二話沒說直奔河邊。可是蘆葦發出了窸窣聲，聽上去好像在說：「千萬不要去蹚那條險惡的急流，也別走近那些兇狠的山羊。這些羊是被旭日施了魔法的。可是等到正午的太陽把牠們趕到陰涼處，水流的安魂精靈催牠們入了夢鄉，你就可以平安無事地涉過河水，在灌木上和樹幹上找到蹭在上面的金羊毛。」

如這般，普緒刻很快就抱了一大堆金羊毛來見維納斯。可是這位不肯罷休的女主人不但沒有誇獎她，反而說：「我知道得清清楚楚，這不是靠你的本事辦成的。現在再叫你辦件事。拿着這個盒子到陰間地獄走一趟，把這盒子交給普洛塞庇娜，告訴她：'請你送給我的主人維納斯一點你的美容。'"

普緒刻這一次看清楚了，擺在眼前的是死路一條。既然橫豎都是死，還不如早死為妙。於是她爬上一座高塔，想一頭栽下去了事。可是有個聲音從塔裏傳出來，告訴她如何從某個洞裏走到普路同的王國，如何躲過路上的險情，如何繞開長着三個腦袋的惡狗刻耳柏洛斯，如何說動舵工卡戎為她擺渡，送她往返黑水河。最後這聲音又囑咐道："普羅塞庇娜把裝着美容的盒子交還給你以後，你無論如何不能打開偷看裏面的東西。"

普緒刻事事都按着囑咐去辦，安全抵達了普路同的王國。她轉述了維納斯的口信，不一會兒，那盒子就被交還給她 —— 關上了，裝着那寶貴的物品。她順着原路返回。

危險的任務眼看就要順利完成了，可是一個強烈的願望佔據了她的頭腦，她想看看盒子裏裝的究竟是甚麼。她小心翼翼地打開盒子，裏面裝的卻是一個地獄裏的斯堤克斯睡眠鬼。它從樊籠中獲得自由，立即就附在普緒刻的身上。她倒在大路中央，成了一具睡屍。

此時丘比特的灼傷已經治愈。他從那天恰好微啟着的窗戶縫中鑽了出去，一直飛到普緒刻躺倒的地方。他從普緒刻身上抓下睡鬼，重新關到盒子裏，然後把普緒刻喚醒。"這一次，"他說，"你又差一點兒被好奇心送了命，現在你快按我母親的要求去向她交差吧，剩下的事我來想辦法。"

說完，丘比特就到朱庇特那裏向他請願。朱庇特被說動了心，在維納斯面前苦苦地為這對情侶求情，最後竟徵得了維納斯的同意。接着，朱庇特派墨丘利把普緒刻帶到眾神大會上來。朱庇特遞給她一碗長生不老羹，告訴她："喝下這碗羹你就會長生不死，丘比特也不會掙脫拴在他身上的婚姻之結。"

就這樣普緒刻終於與丘比特結成伉儷。

三十一　立意不嫁的少女

許多的憂傷都是無辜而來的，來自這樣的一個少女。你看她的臉蛋兒啊，真有點像男孩，可卻又始終不太像男孩呀。曾經有人給她算過命，大意是說："阿塔蘭塔，千萬不要嫁人，婚姻將給你帶來滅頂之災。"神諭使她恐懼萬分。因此她躲避與男子的交往，一心投入到狩獵運動。她對所有前來求婚的人（求婚者真是絡繹不絕）都提出一個條件——"誰如能在賽跑中超過我，就可娶我為妻。敢和我比賽但卻敗給了我的人就要被處死。"提出這樣的條件倒很奏效，一般人都再不敢來打擾了。但也有些人明知條件苛刻，還是要求一試。於是請來了希波墨涅斯做裁判。"難道真有人為討一個老婆荒唐到置生死於不顧的地步嗎？"他說。但當阿塔蘭塔脫掉長袍準備賽跑時，他恍然大悟，又說道："小夥子們，對不起，我現在才知道你們是在爭奪怎樣的一個獎品。"他把這些參加比賽的人統統打量一番，心中暗咒他們個個都被擊敗。對那些看上去有幾分把握的人，他妒意滿懷。他正這麼想着呢，那少女向前衝去了。所有參加賽跑的小夥子都被甩在後面，他們全被處死，無一倖免。這種結果並沒有嚇倒希波墨涅斯，他目不轉睛地望着那少女說："擊敗了這些像蝸牛似的傢伙，有甚麼好誇口的？這次我要和你比個高低。"

阿塔蘭塔看着，露出憐憫之意。她說不清是想贏他還是想輸給他。她左思右想拿不定主意，觀眾卻急不可待地等着比賽開始，她的父親也催她快作準備。這時希波墨涅斯向維納斯作起禱告："維納斯啊，是你叫我受了誘惑，現在請你助我一臂之力！"維納斯聽到他的禱告，有意幫助他。

　　在供奉維納斯的賽浦路斯島上，有座維納斯神廟，廟堂中的花園裏長着一棵黃枝、黃葉、金果的樹。維納斯從樹上摘下三隻金蘋果，悄悄地遞給了希波墨涅斯並告訴他使用的方法。起跑的信號打響了，兩個人從起點出發，掠過沙灘。觀眾為希波墨涅斯吶喊助威——"喂，喂，加油啊，快跑，快跑，追上她了！別鬆勁，再加把勁！"真説不上兩人中間誰聽到這片呼叫聲更高興，是那小夥子還是那姑娘。但是希波墨涅斯開始感到氣力有些不足了，嗓子發乾，可終點還遠着呢！於是他拋出一隻金蘋果。那少女吃了一驚，停下腳步，俯身去撿。希波墨涅斯嗖地趕了過去。歡呼聲四起。她加把勁兒，一下子又超了過去。他又扔出去一隻金蘋果，她又停下來去拾，但後來又超過了他。眼看她就要跑到終點了，只剩下最後的一次機會了。"啊，女神，"他説道，"保佑你的贈品顯威力吧。"他把最後的那隻蘋果扔出跑道，她看了蘋果一眼，有些猶疑。但是維納斯促使她離開跑道去拾蘋果，她服從了，結果輸了這場比賽，小夥子得到了獎品。

但是這對情侶只顧沉溺於幸福之中，竟忘記拜謝維納斯。這種忘恩負義的行為使女神大為惱怒。她擺佈他們得罪了庫柏勒，而這位有權有勢的女神是絕不輕易放過對她無禮的人的。她剝奪了他倆的人形，又將他們變成符合各自性格特徵的動物：曾在求愛者的血泊中歡慶勝利的女獵手、女英雄變成一頭母獅；她的夫君和主子變成一頭雄獅。庫柏勒把他倆拴在自己的耳朵上當耳環用，至今人們在所有庫柏勒女神的塑像或畫像中，仍然可以看到垂在她耳朵上的這對情侶。

三十二　立意不娶的男子

皮格瑪利翁認為女人一無是處，對她們產生了反感，決心終生不娶。他是個雕刻家，曾經用象牙精心雕刻了一尊女人像。人像婀娜多姿，世上一切女人都望塵莫及。它儼然是個活生生的少女，只是出於禮貌才屏息佇立。皮格瑪利翁對自己的作品珍愛不已，久而久之竟對這個仿人雕像產生了愛情。他不時摸摸雕像，彷彿要弄明白它究竟是活人還是沒有生命的物件，他總是不肯相信這只不過是座象牙人像。他撫愛它，送給它各種少女喜愛的禮物——色彩鮮豔的貝殼和光滑的卵石、小鳥和姹紫嫣紅的鮮花、珠子和琥珀。他給它穿上衣服，戴上寶石戒指，掛上項鏈。還在耳上垂了墜子，胸前佩上珍珠頸串。它的裙衫合身得體，更加襯托出原有的姿色。他把它安置在鋪了泰爾紫色牀單的臥榻上，稱它為妻子。

維納斯節臨近了——這在塞浦路斯是要隆重地慶祝一番的。人們祭獻供品，在聖壇前焚香供奉，空氣中香煙繚繞。皮格瑪利翁參加慶典儀式以後，來到聖壇前吞吞吐吐地祝禱説：“萬能的神啊！我祈求你們將一個類似我那象牙貞女的姑娘賜我為妻吧！”——他沒敢説“將我那象牙貞女”。維納斯神蒞臨慶典，聽到了這番話，也猜到他想説沒敢説出的意思；她使聖壇上的香火聚成火苗向空中躥了三次，算是她恩准的表示。皮格瑪利翁回到家後，就去看望雕像，他俯身吻了一下臥在榻上的人像，那嘴像是暖烘烘的。他又吻了一下，並伸手去摸雕像的胳膊，發現它軟綿綿的，手指一觸，就有彈性，像是許墨圖斯山脈的蜂蜜臘。他站在那裏又驚又喜，難以相信。他惟恐是自己產生了錯覺，就一次次地滿懷着戀人的激情，用手去碰那寄託自己一生希望的人像。那雕像真的活起來了！當他觸到有血管的地方時，皮膚凹了下去；他把手挪開後，皮膚又回復圓鼓鼓的。這個時候，維納斯的信徒才想起來向維納斯女神感謝一番。他又吻了吻那張嘴，那張已是像他一樣的活人的嘴。少女感到有人親她，羞得兩頰緋紅，怯生生地睜開眼睛，注目於她的情郎。維納斯祝福了這段由她促成的姻緣，婚後他們生了帕福斯，而專門供奉維納斯的這座城也隨之取了這個名字。

三十三　一對不幸的情人

在塞彌拉彌斯統治的巴比倫王國，皮拉摩斯是最英俊的青年，提斯柏則是最美麗的少女。他們兩家的房屋毗連着，因為是鄰居，兩個青年人常在一起，產生了愛情。他們本指望能高高興興地結婚，但卻遭到雙方父母的反對。不過，有一件事是父母禁止不了的 —— 即兩個青年心中都燃燒着同樣熾烈的愛情。

由於建築結構上的缺陷，兩家房屋之間的那堵牆上有一道裂縫。它從未引起人們的注意，偏偏給兩位情人發現了。憑着愛情的力量沒有發現不了的事物！這道裂縫成了傳話的通道。柔情蜜意不斷通過裂縫來回傳遞。皮拉摩斯站在牆這邊，提斯帕站在牆那邊，他們呼吸相通。夜幕降臨、他們必須分手的時候，這對情人便將嘴唇貼在牆上，一邊一個，他們沒法挨得更近了。

第二天早晨，晨光女神奧羅拉熄滅羣星，太陽溶化了草葉上的白霜以後，兩個情人又來到老地方。他們歎息命運之乖戾，商定第二天夜深人靜的時刻，他們要躲過監視他們的目光，悄悄地走出家門來到田野。為了保證彼此相會，他們約定在城外著名的建築物尼諾斯墓地碰頭，先到的人必須在清泉旁的白桑樹下等候着。一切都商量妥當，他們兩人急不可待地等着太陽落到海面以下，等待着黑夜從海面升起。提斯柏小心翼翼地避過家人的耳目，偷偷地溜出家門。她用面紗遮臉，來到墓碑前，坐在大樹下。暮色中她獨自靜坐着，突然看見一頭母獅，牠剛飽餐過獵物，滿嘴血腥味，正向着泉水走來，打算飲水止渴。提斯柏見到獅子拔腿就逃，躲進一塊巖石的洞穴裏藏身，奔跑時面紗掉在地上。母獅在泉邊飲完了水，轉身返回樹林去。牠看到地上的面紗，就用沾滿鮮血的嘴去撥弄它，把它撕碎。

皮拉摩斯有事耽擱，來晚一步。他來到約會處，看到沙地上獅子的腳印，不禁嚇得面無人色。接着，他又發現沾滿血跡、撕破了的面紗。"啊，可憐的姑娘，"他喊道，"是我害了你。你本來應該比我更有權享受生活，現在你卻先我而遭毒手，我這就跟你來。我是罪惡的緣由，是我引誘你來到這麼危險的地方，而我又不在場保護你。來吧，獅子們，從巖石後走出來把我這罪孽之身撕個粉碎吧。"他撿起面紗，來到約定相會的樹下，他不斷親吻面紗，淚水浸透了面紗。"面紗啊，你也將沾上我的鮮血。"說畢，他拔出劍，向心窩刺了進去。鮮血從傷口噴射出來，把桑樹的白葚都染紅了；鮮血滲入土壤，到達了樹的根部，血紅的顏色從樹幹一直傳到果實。

這時，提斯柏仍然心驚膽戰。但為了不使情人失望，她小心翼翼地走了出來，焦急地尋找着青年人，急於告訴他她剛躲過一場災禍。她來到約會地點，看到桑葚的顏色不一樣了，就懷疑自己是否走錯了地方。正在猶疑的時候，她看到一個垂死的人痛苦掙扎的身影。她嚇了一跳，渾身戰慄，就像微風掠過水面出現漣漪一樣。她認出那垂死的人正是她的心上人，不由得捶胸頓足，放聲哭喊。她緊緊地摟住他無聲無息的身體，不斷親吻他冰涼的嘴唇，傷心的淚水紛紛灑入他的傷口。"啊！皮拉摩斯，"她哭喊道，"這是怎麼回事？回答我啊，皮拉摩斯。這是你的提斯柏在跟你講話。"聽到提斯柏的名字，皮拉摩斯睜開眼睛又閉上了。她看到自己沾滿血跡的面紗和空的劍鞘。"你為了我親手殺死了自己，"她說，"我這一次也能很勇敢，你熱愛我，我也熱烈地愛着你。我害了你，我要跟你一起死。只有死亡能拆散我們，可是死亡不能阻撓我和你同赴黃泉。我們兩家不幸的父母們啊，不要拒絕我們倆共同的要求吧。愛情和死亡把我們結合在一起了，請把我們合葬在一座墳墓裏。大樹啊，保留我們慘死的痕跡吧。讓桑葚做我們流血的證物吧。"說着，她把劍刺進了自己的胸膛。她的父母尊重她的遺願，神祇們也予以認可，兩人合葬在同一座墳墓裏。從此以後，桑樹結的桑葚便是紫紅色的。

三十四　另一對不幸的情人

一條海峽隔開亞歐兩洲，在亞洲一岸有座阿彼多斯城，城裏住着個青年名叫勒安得耳。隔峽相望的塞斯托斯城中有個少女叫赫洛，赫洛是維納斯廟的女祭司。勒安得耳與赫洛相愛。每天夜裏赫洛總在塔上點燃一把火炬，勒安得耳藉着火光泅過海峽與赫洛相聚。有一晚，海上驟起風暴，波浪滔天，勒安得耳抵擋不住，溺水而死。海浪將他的屍體沖到歐洲遠方的岸上。赫洛看到屍體，知道勒安得耳已經不在人間。絕望之下，她縱身躍入海中，了結了自己的生命。

三十五 墨丘利與阿波羅的爭吵

荷馬説，邁亞在黎明時分生下墨丘利，他是個計謀過人的智多星。中午的時候，墨丘利已經在彈里拉琴了，因為他走出庫爾勒涅高峻的洞穴隨意漫遊時發現一隻烏龜。他撿起烏龜，把牠扎死，在龜殼上裝上琴馬和簧片。於是他為自己伴奏，唱起雖是即興而作卻又悦耳動聽的歌曲。當天夜裏，墨丘利又偷了其異母兄弟阿波羅在皮埃里亞山放牧的牛羣。他用檉柳枝包紮牛蹄，為了進一步蒙蔽追聽者，趕着牛羣倒着走，進了皮洛斯的一個洞穴。他把月桂樹枝相互摩擦，生起一堆火，焚化兩頭小母牛作為獻給十二天神（他把自己也包括在內）的祭品，從此人類學會在祭壇點火焚化祭品。墨丘利幹了這一切以後，便回家睡覺，儼然是一個純潔無邪的新生嬰兒！他母親警告他，阿波羅會逮住他好好懲罰他的。這位天真無邪的新生嬰兒說了這樣的話："我還有更巧妙的手法吶！"阿波羅為這場惡作劇大傷腦筋，終於跟蹤追跡查到了這個還在襁褓之中的嬰兒。阿波羅指責這位逗人喜愛的嬰兒，但他卻拿父親的腦袋起重誓，說他既沒偷過牛，也不知道牛是甚麼樣子的，因為在阿波羅來找他以前，他從未聽見"牛"這個名詞。阿波羅嚴詞呵斥墨丘利，但不見成效，因為他一口咬定他對偷牛一事一無所知。於是，兄弟倆來到父王跟前，阿波羅狠狠數說墨丘利：他從來沒見過，做夢也沒想到過有像這個小混蛋一樣的聰慧早熟而又是行家裏手的偷牛賊、騙子和無賴。墨丘利反駁說，他是個老實孩子，他兄弟阿波羅才是個懦夫孬種，只會欺侮手無寸鐵的、正在睡覺的、從沒想過要"偷"牛的新生小嬰兒。這庫爾勒涅來的孩子振振有詞地為自己辯解，但同時又擠眨着眼睛，朱庇特見了不由得放聲大笑。終於，爭吵雙方和解了：墨丘利把新做的里拉琴送給阿波羅；阿波羅回贈這位神童一條金光閃閃的短鞭，並且任命他為牛群的放牧人。不僅如此，墨丘利指着神聖的斯堤克斯河發誓，永遠不要詭計向阿波羅行偷盜之術。阿波羅為了表示感謝，授予墨丘利一根司財富、幸福和夢想的魔杖（盤蛇杖）；然而，條件是，他只能用手勢符號來預言未來，不能像阿波羅那樣用言語和歌曲來表達。據說，這位獲利之神對這樣強迫他修身正行感到不滿，將他的不滿情緒發泄到其他神祇的身上：他偷過維納斯的腰帶，拿走過涅普頓的三叉戟，借用過伏爾坎的火鉗，還盜竊過瑪爾斯的寶劍。

三十六　巴克科斯的遊蕩

　　塞墨勒死後，朱庇特把嬰兒巴克科斯抱走，交給倪薩山神女撫養，他的嬰幼時期和兒童時期都是在神女的照料下度過的。為了感謝她們照顧巴克科斯，朱庇特把她們變成天上的星宿，即許阿得斯七姊妹。巴克科斯成年以後發現葡萄的栽培技術和從中榨取寶貴果汁的方法。但是朱諾讓他得了瘋病，逼得他在世界各地漂泊流浪。他來到佛律癸亞，瑞亞女神治好他的病，把自己的宗教儀式教給他。接着，他踏上旅途，穿過亞細亞，沿途教人種植葡萄。他最著名的一段漫遊生活是遠征印度，據説一去多年。勝利歸來以後，他從事向希臘傳播他的宗教的活動，但遭到某些王公的反對，因為他們擔心他的宗教會帶來混亂和瘋狂。最後他來到故鄉忒拜城，哈耳摩尼亞和卡德摩斯的外孫、阿高厄的兒子、他的表親彭透斯在忒拜城稱王。但是，彭透斯對新的宗教毫無敬意，下令禁止舉行這一宗教的儀式。然而，男女老少聽説巴克科斯來了，都湧上前去歡迎他，加入他慶祝勝利的行列。

　　無論彭透斯百般規勸、下命令還是進行恫嚇，都無濟於事。他最親近的朋友和最明智的顧問都央求他不要反對巴克科斯神。但是忠言逆耳，他變得更加兇暴了。

　　不久，派出去抓巴克科斯的隨從回來了。他們總算抓到一個巴克科斯的信徒，他們把俘虜倒綁雙手，推到國王的跟前。彭透斯威脅説要處死他，命令他老實交代他是誰，他打算歡慶的新宗教儀式是怎麼回事。

　　俘虜毫無懼色，回答説他是邁奧尼阿的阿克特斯，父母窮苦，讓他像他們一樣打漁為業。他當了一陣漁夫，後來學會憑藉星星把握航向的本領，當上了舵手。有一次，他在狄阿島靠岸，派手下人上岸去尋找淡水。他們回船時帶來一個眉目清秀的少年，他們在島上發現他時，少年正在熟睡。他們認為他一定是個富家子弟，決定扣留他，希望換得一筆數目可觀的贖金。但是阿克特斯懷疑少年的真身是某位神祇，便請求神祇原諒他們的粗暴行為。水手們一心發財，利令智昏，紛紛喊道："誰要你為我們祈禱！"他們不顧阿克特斯再三反對，硬把抓來的少年裝上船，揚帆出海。

少年其實就是巴克科斯。他好像從瞌睡中清醒過來，詢問出了甚麼事，他們要把他帶到哪裏去。一個水手回答說："別害怕，告訴我們你想上哪兒，我們就把你送去。""我家就在那克索斯島。"巴克科斯說，"把我送到家去，你們就可以有重賞。"他們答應照辦，但卻不讓舵手駛向那克索斯。他們朝埃及駛去，打算在那兒賣掉少年當奴隸。沒多久，神祇望外面大海看了兩眼，哭哭啼啼地說："水手們，你們答應把我送回家，可這海岸不對頭，那邊的小島不是我的家。你們欺侮可憐的小孩子，沒甚麼光彩啊。"阿克特斯聽他哭訴，不由得掉起淚來。水手們把他們兩人取笑一番，反而把船開得更快了。突然，船停在海中央，紋絲不動，好像固定在地面一樣。水手們大吃一驚，使勁划槳，又多掛起幾幅帆，但是毫無用處。綠藤纏住槳櫓，爬滿帆篷，藤上掛着一串串沉甸甸的果實。桅杆上，船舷兩側都是長滿葡萄的青藤。笛聲四起，酒香四溢，酒神頭戴葡萄葉做的花冠，手持纏有青藤的長矛。全體水手都變成海豚，在船的四周游來游去。二十個人中間，只有阿克特斯一人倖存。"不用害怕，"酒神説，"把船開到那克索斯去。"舵手服從了命令。船抵達以後，他們在聖壇點起火，舉行了巴克科斯的神聖的宗教儀式。

阿克特斯講到這裏，彭透斯打斷話頭，下令將他處死。但是，阿克特斯的保護神立即將他變得無影無蹤，使他免遭劫難。

此時，喀泰戎山充滿生氣，到處都是朝拜者，酒神信徒的呼喊聲響徹山巒兩側。彭透斯聽到喧鬧聲，怒火萬丈，他穿過樹林來到一塊開闊的空地，看到祭酒神的宗教儀式的主要場面。同一瞬間，女人們也看見了他；當中有他的母親阿高厄、姐妹奧托諾厄和伊諾。她們以為他是頭野豬，衝上前來把他撕得粉碎 —— 他母親還高聲歡呼："勝利了！勝利了！榮耀屬於我們！"

從此，希臘確立了對巴克科斯的朝拜。

三十七　普路同奪走了刻瑞斯的女兒

　　朱庇特及其哥哥們打敗提坦並把他們放逐到塔耳塔洛斯之後，又有一批新的敵人崛起反對諸神。他們是巨人堤豐、布理阿瑞俄斯、恩克拉杜斯等等。這些神中有的有一百隻手臂，有的會噴火。後來他們都被打敗了並被活埋在埃特納山下。他們在被埋的地方有時還努力掙扎，企圖逃逸，使整個島嶼不時發生地震。他們的呼吸穿過山頂，這就是人們所說的火山爆發。

　　這些妖怪墜落地面時，震動大地，使冥王普路同嚇了一大跳，因為他擔心他的王國將因此暴露在光天化日之下。他很不放心，就駕起由黑馬拉的戰車，對王國作一番巡視，以便了解損毀的程度。當他正進行這項工作時，坐在厄律克斯山上與兒子丘比特玩耍的維納斯女神看見了他。她對兒子說："我的兒啊，拿起你那征服一切、包括主神在內的利箭，將其中的一枝射向那位黑暗世界主宰者的胸膛，他就是塔耳塔洛斯王國的統治者。為甚麼單單讓他一個人逃脫呢？抓住這個機會擴大你我的帝國。你難道沒有看到即使在天上，也還有一些人藐視我們的權力嗎？智慧女神彌涅耳瓦和狩獵女神狄安娜公然蔑視我們，刻瑞斯的女兒也威脅說要學她們一樣。如果你還關心你我的利益的話，就用一枝箭把她和冥國君王結為一體！"於是，丘比特解下箭筒，挑出最銳利、最可靠的一支箭，用膝蓋繃住了弓，安上箭弦，作好準備，就把帶刺的箭對準普路同的心窩射去。

在恩那山谷樹林深處有一個湖泊，濃濃的樹林擋住了灼熱的陽光，潮濕的地面則為百花所覆蓋，那是春神永久統治的地方。普洛塞庇娜正在這裏和夥伴們玩耍，採摘百合花和紫羅蘭，往籃子和圍裙裏放。普路同一見傾心，把她帶走了。她尖叫着呼喚母親和女伴們來救命，驚駭中她鬆開圍裙的一角，使採得的鮮花都跌落了。她有些孩子氣，感到這些花的丟失更加重了她的悲痛。劫人者催馬飛奔，他逐匹呼喚戰馬的名字，放鬆套在牠們頭上和脖子上的鐵色的韁繩。當他抵達庫阿涅河，河水擋住了他的去路，他就用三叉戟把猛擊河岸，大地為之崩裂，給他讓出了一條通往塔耳塔洛斯的道路。

三十八　刻瑞斯尋女記

刻瑞斯到處尋找女兒，走遍了天涯海角，最後又回到了出發地西西里。她站在庫阿涅河邊，當時普路同就是在這裏開通道，帶着戰利品返回地獄王國的。水澤神女本來可以把她所見到的一切告訴女神，但是她懼怕普路同，沒敢說。她只是冒着風險撿起普洛塞庇娜被劫持時丟下的腰帶，藉浪花把它送到母親的腳邊。刻瑞斯看到腰帶，對她女兒的丟失不再懷疑了，不過她尚未弄清女兒消失的原因，她歸咎於無辜的大地。"沒有良心的土地，"她說道，"我一直使你肥沃，用草木和滋補的五穀給你做衣裳。現在你再也別想得到我的恩惠了。"於是，牲畜都死了，犁在畦裏斷裂，種子不再發芽，日照太長，雨水過多，鳥類也把種子偷吃光了，地裏只是長薊和荊棘。看到這一切，泉神阿瑞圖薩就為大地求情。"女神，"她說道，"不要責怪大地。它是很不情願地為你的女兒讓出一條通道的。我可以把她的遭遇告訴你，因為我看到過她。我在穿過大地的下半部時看到了你的普洛塞庇娜。她很傷心，但不再有驚慌的神色。她一副王后的儀容 —— 她已成了埃瑞波斯的王后，死亡王國國君的有權勢的新娘。"

刻瑞斯聽到這些，目瞪口呆地站了一會兒。然後她調轉戰車向天國駛去，匆忙來到萬神之主朱庇特的寶座前。她向朱庇特歷述失去愛女的不幸，懇求朱庇特過問此事，把她的女兒找回來。朱庇特答應了，但有一個條件，即普洛塞庇娜在下界逗留期間不得吃任何食物，否則命運三女神會禁止釋放她的。朱庇特派遣使者墨丘利在春神的陪同下去向普路同討還普洛塞庇娜。狡猾的冥主答應了。可是糟糕！那少女剛剛接過一個普路同遞給她的石榴，吮吸了幾粒果實的甜汁。這就足以使她不能得到徹底的解脫。不過後來雙方作了妥協，她可以有一半時間跟她母親一起，一半時間跟她丈夫普路同過日子。

刻瑞斯由於這種安排平靜下來。恢復了她對大地的恩寵。

刻瑞斯和普洛塞庇娜的故事帶有明顯的寓言色彩。普洛塞庇娜代表穀物種子，種子播到地裏，無影無蹤了 —— 也就是說，她被下界神祇帶走了；種子又出現了 —— 這表示，普洛塞庇娜又回到母親身邊，春天把她領回來沐浴白日的陽光。

三十九　刻瑞斯教人耕地

　　刻瑞斯尋找她的女兒的時候，到了疲憊不堪、懊喪已極的當兒，她坐到了一塊石頭上去，不顧風吹雨打、日曬月沐，一坐就是九天九夜。那塊地方就是現在的厄琉西斯城的所在地，當時是一個叫刻勒俄斯的老人的家鄉。他當時正在田野裏採集橡實和黑莓，以及燒火用的柴秆。他的小女孩也正在趕着兩頭山羊回家。當她走過那個裝扮成老太婆的女神時，她對女神説道："婆婆，"——這稱呼在刻瑞斯聽來十分甜蜜動聽——"你為甚麼一個人坐在這些巖石間？"老頭子也停了下來，儘管他背着很重的東西。他請刻瑞斯到他的農舍去，雖然他家不成樣子。她謝絕了，可他再三再四地請她進去坐一會兒。"平安地去吧，"她回答道，"為有女兒而感到幸福；我失去了我的女兒。"她這樣説的時候，眼淚——或是某些像眼淚的東西，因為神祇們是從來不哭泣的——從面頰流到了胸部。富有同情心的老人和他的孩子跟着她一齊哭了起來。之後他説道："跟我們來吧，不要鄙視我們的陋舍；願你的女兒平安地回到你的身邊。""帶路吧,"她說道,"我不能再拒絕這種盛情邀請了!"於是她就從石頭上站起來,跟他們一起走了。路上,他告訴她,他的一個小孩子——他惟一的兒子,正病得很重,發着燒,睡不着覺。她俯身拾了一些罌粟。他們走入農舍的時候,發現人人沉浸於巨大的悲痛之中,因為那男孩看來已是沒救了。孩子的母親墨塔涅拉和氣地接待了刻瑞斯。女神俯身吻了一下病孩的雙唇,孩子的面容馬上紅潤起來,身體又恢復了健康的活力。全家老小——父母和女兒(就只這樣,他們沒有奴僕)都歡天喜地。他們擺好餐桌,放上奶油和乳製品、蘋果和蜂蜜。他們吃飯的時候,刻瑞斯把罌粟汁混入男孩的牛奶裏。夜深人靜的時候,她起身抱起熟睡的男孩,用她的雙手把孩子的四肢擺成一定的形狀,對他說了三遍莊嚴的咒語,之後走到火邊把男孩放到灰燼裏。早就在注視客人舉動的母親這時大叫一聲,跳過去把孩子從火裏搶了出來。這時刻瑞斯顯出原形,燦爛的神光四射。這家人大為驚訝,個個目瞪口呆,她說:"孩子的母親,你愛你兒子,可你反而害了他。要不是你阻攔了我,我本來可以使你兒子變得長生不老的。儘管如此,他還是會成為偉大而有用的人。他將教會人類如何使用犁,如何通過勞動從耕種過的土地中取得收穫。"説畢,她由彩雲簇擁着,登上戰車,飛馳而去。

後來刻瑞斯找到女兒了,對普洛塞庇娜一半時間跟母親、另一半時間跟丈夫普路同過日子的安排感到滿意。這時她記起了刻勒俄斯和他的一家,以及她對他的幼子特里普托勒摩斯許下的諾言。在男孩長大之後,她教會他如何使用犁和進行播種。她讓他登上她那輛由帶有翅膀的龍拉着的戰車,駛遍世界上所有的國家,把寶貴的糧種供給人類並向他們傳授農業知識。特里普托勒摩斯回到家鄉之後,為刻瑞斯在厄琉西斯修建了一座宏偉的廟宇,並開始了對女神的崇拜,即厄琉西斯神秘祭典。在希臘人中間,紀念刻瑞斯的祭典活動在氣派和莊嚴方面都超過了其他一切宗教慶祝活動。

四十　俄耳甫斯與妻子重聚

俄耳甫斯是阿波羅和文藝九女神之一卡利俄珀之子。他的父親給了他一把七弦琴,並教他演奏。結果他彈得出神入化，天下萬物無不為他的音樂感到着迷。聽到他的音樂，不僅他的人類同胞，就連野獸也會為之心軟，牠們會圍在他的身旁，暫脫野性，站在那裏聽得出神。不僅如此，連樹木和石頭都能感受他的演奏的魅力。樹木簇擁着他，巖石則為音樂所打動，稍稍鬆軟下來。

俄耳甫斯和歐律狄刻結婚時曾請婚姻之神許門來為他倆祝福。他出席了婚禮，但並未帶給他倆任何幸福的吉兆。他舉的火把由於冒煙嗆得他們直流眼淚。這種預兆很快應驗了。婚後不久，歐律狄刻和她的仙女女伴漫步的時候被牧羊人阿里斯泰俄斯看見了。這牧羊人為她的美貌所打動，向她求愛。她拔腿便逃，飛奔中踩着了草間的一條毒蛇，腳被咬了一口，因而喪命。俄耳甫斯用歌聲向呼吸天上人間空氣的神與人訴說他的悲哀，但無濟於事。於是他決定去死者的王國尋找他的妻子。他從位於泰那魯斯海角旁邊的洞穴下降，一直到達了冥河斯堤克斯流域。他穿過成羣的鬼魂，來到了冥王普路同和他的妻子普洛塞庇娜的寶座前。他一邊彈着七弦琴一邊唱道：“冥府的神祇們啊 —— 我們這些活着的人最終都是要到你們這裏來的，請聽一下我的陳述吧，因為我說的都是實話。我並不是為刺探塔耳塔洛斯王國的秘密而來的，也不是為了跟那隻守衞在入口處的長着蛇一樣的毛髮的三頭狗來較量的。我是來尋找我的妻子的，毒蛇的牙齒使她過早地離開了人間。愛情驅使我來到這裏。愛是我們人間的一個擁有無上權力的神，如果老話説得對的話，你們這裏的愛的威力也絕不減於人間。我求你們這個充滿恐怖、寂靜，沒有生命的王國，把歐律狄刻的生命之線再度連接起來。我們所有人都命中注定屬於你們，遲早我們都要來到你們的王國。她也一樣，等她活滿了期限，自然也會歸你們所有。不過在那以前把她賜給我吧，我懇求你們。如果你們拒絕我，我不會單獨回去，就讓你們為我倆的雙雙死去而慶賀勝利吧！"

他唱得淒婉動人，連鬼魂們都流下了眼淚。坦塔羅斯儘管口渴難忍，還是暫時停止了喝水的企圖；伊克西翁的轉輪也靜止不動；禿鷹不再撕扯那位巨人的肝臟；達那俄斯的女兒們停下手，不再用篩子汲水；就連西緒福斯都坐在石頭上聆聽。據説，復仇三女神有史以來第一次淚流滿面。普洛塞庇娜為之動容，普路同本人也動了惻隱之心。歐律狄刻被召了上來。她拖着受傷的腳一瘸一拐地從那些新到達的鬼魂當中走了出來。俄耳甫斯獲准把她帶走，但是有一個條件：在他們抵達上方世界以前，他不得回轉身來看她。他們根據這個條件登上回程，他在前，她在後，在絕對的寂靜中穿過無數漆黑陡峭的通道，即將到達通往歡樂的上方世界的出口，這時俄耳甫斯一時忘記了應遵守的條件，為了弄清歐律狄刻是否還跟着他，就向背後看了一眼。她立刻被拖走了。他們倆雙雙伸出胳臂企圖擁抱，但抓到的只是空氣！儘管這是她第二次死去，她還是不願責備自己的丈夫，她怎麼能為他由於等得不耐煩而要看她一眼而責備他呢！"別了，"她說道："永別了。"她很快被帶走了，他幾乎沒有聽到她的話音。

俄耳甫斯力圖追上她，並懇求允許他再回冥府，為她的釋放再作一次努力。可是嚴厲的冥河渡口船夫拒絕了他，不讓他過河。他連續七天七夜在冥府與人間的邊緣上徘徊，不餐不眠。他用歌聲控訴厄瑞玻斯陰間權勢的殘忍，向巖石和山巒訴說自己的哀怨。他的歌聲使虎狼聽了也於心不忍，橡樹都感動得移動了位置。他從此遠離女性，久久地沉浸在對自己不幸的回憶中。色雷斯的少女們竭盡全力想勾引他，可是他拒絕了她們的追求。她們一直儘可能地容忍他，可是發現他無動於衷。有一天，由於受到酒神巴克科斯祭典儀式的激發，其中的一個少女喊道："瞧，那邊就是那個鄙視我們的人！"說着就把她的標槍向他擲去。那件武器剛飛近七弦琴的音響範圍，便落在了他的腳邊，沒能傷害他。同樣，向他投去的石塊也紛紛落地。可是這些女人們發起一陣狂喊，喊聲壓倒了樂聲，於是石塊標槍就打到他的身上，沾滿了他的鮮血。這些瘋狂的女子把他的肢體撕碎，把頭顱和七弦琴扔到赫布魯斯河，他的頭和琴在向下游漂流的時候不斷發出低語般的哀樂聲，兩岸則伴之以淒楚的諧音。繆斯神把俄耳甫斯支離破碎的屍體歸攏在一起，埋在利柏特，據說夜鶯在他的墓前唱得比在希臘任何其他地方都更加宛轉動聽。他用過的七弦琴被朱庇特放到了羣星之間。他的身影又一次來到了塔耳塔洛斯，在這裏他找到了歐律狄刻，用熱情的雙臂擁抱她。他們現在可以一起幸福地在田野裏漫步了，有時是他在先，有時是她在前面。俄耳甫斯現在可以想看她多久就看多久，他再也不會為無心一瞥而受到懲罰了。

四十一　水域主帥涅普頓

涅普頓是鹹海和淡水湖泊的君主。有關他作為海域之王的生涯的傳說描述他如何大膽侵略其他神祇的領地，表現他既震盪搖撼大地又保護大地的特性。他和彌涅耳瓦爭奪雅典。在雅典第一位國王刻克洛普斯統治時期，兩位神祇都搶着要據該城為己有。諸神判決，誰能拿出一樣對人類最為有利的禮物，這座城市就歸誰所有。涅普頓送了一匹馬；彌涅耳瓦拿出了橄欖枝。諸神決定把城市獎給彌涅耳瓦，並以她的希臘名稱雅典娜命名這座城市。後來涅普頓又跟赫利俄斯爭科林斯，跟朱諾爭阿耳戈斯，跟朱庇特爭埃癸那島，跟巴克科斯爭那克索斯，還跟阿波羅爭得爾福；但均未成功。他並不總是親自出馬入侵他想佔領或懲罰的土地，他常常派些牛鬼蛇神替他行事。下述關於特洛伊國王拉俄墨冬的女兒赫西俄涅的故事便是例證。

涅普頓和阿波羅在推翻提坦巨人以後曾一度失寵於朱庇特。據說，他倆被迫交出各自的職權，並為正要建立特洛伊城的拉俄墨冬服役一個季節。他們協助他修築城牆，但他爽約，不肯支付早已商定的報酬。涅普頓當然很生氣，他用洪水淹沒特洛伊，派出海怪蹂躪這片國土。為了滿足海怪的胃口，走投無路的拉俄墨冬被迫將女兒赫西俄涅獻祭。幸好，赫耳庫勒斯及時趕到，殺死海怪，拯救了少女。然而，涅普頓一直耿耿於懷；到了希臘人向特洛伊城進軍的時候，他的怒火還沒有平息。

據說深海之王作為大地震撼者能使地動山搖，嚇得普路同從寶座上一躍而起，惟恐下界的頂部會倒塌在他頭上。但是，作為溪流泉水之神，涅普頓表現出較為溫和的秉性。阿密摩涅奉父親達那于斯之命前來汲水，遭到一個薩堤洛斯（一種精靈）的追逐，她呼喊求救。涅普頓聽見了便去救援；他趕走薩堤洛斯，向少女求歡，並用三叉戟扎穿大地引來清泉，這清泉至今仍以達那于斯女兒的名字命名。

四十二　奧羅拉──或是奧拉──幹的狠事

黎明女神奧羅拉愛上了年輕的獵人刻法羅斯，她把他拐走，百般愛撫，想方設法討他喜歡，可是白費心血。他愛他年輕的妻子普洛克里斯更甚於這位女神。最後，奧羅拉生氣地把他打發走了，她說道："滾吧，沒有良心的凡人，守着你的妻子去吧，不過有一天你會為重新見到她而後悔的。"

　　刻法羅斯回到家裏，像以前一樣和妻子幸福相處。他的妻子很得寵於狄安娜，這女神送給她一隻狗和一杆標槍，供她在狩獵時使用。普洛克里斯把狗和標槍都交給了丈夫。據說那隻狗在快要追上野外跑得最快的狐狸時，突然和追捕物一起變成了石頭。這是因為創造這兩隻動物並欣賞牠們的速度的神祇們不願看到兩者中的任何一個取勝。至於那支標槍，它命中注定要帶來厄運。據說刻法羅斯打獵打累了的時候，總要到某個蔭涼處躺下吹吹風。有時他會大聲地説："來吧，溫柔的奧拉，甜蜜的微風女神，來消消我身上炙人的熱氣吧。"不知道是誰，錯以為他是在對一個少女講話，就把這個秘密告訴了普洛克里斯。她左思右想放不下心來，第二天早晨便偷偷地尾隨丈夫出來，並藏身在告密者指點過的地方。刻法羅斯在打獵打累之後，像往常一樣躺到了綠色的岸邊，並呼喚着奧拉的名字。突然他聽到某種聲音，他認為他聽到了灌木叢中傳出的一聲嗚咽。他以為那是某種野獸的聲音，就一槍擲了過去。一聲尖叫使他明白標槍肯定準確地擊中了目標。他跑過去，從地上抱起了受傷的普洛克里斯。臨終的她無力地睜開了眼睛，勉強地説出了這番話："我求求你，如果你愛過我的話，如果我確實值得你愛的話，我的夫君，答應我最後一個請求吧：千萬不要跟這個可惡的和風結婚！"説着，她躺在丈夫的懷抱中死去了。

四十三 門農 —— 奧羅拉之子

黎明女神彷彿常常要激發起對凡人的愛情。她最寵愛的人是特洛伊國王拉俄墨冬的兒子提托諾斯。她把他拐走，並説服朱庇特賜他長生不死，但她忘了請求朱庇特同時賜他永葆青春。過了一段時期，她痛苦地發現，他變得衰老了。他頭髮全白的時候，她不再和他待在一起了，不過他仍然可以在她的宮殿內活動，吃神祇的飯食，穿天國的衣裳。終於，他的四肢失去了活動能力，她就把他關在屋子裏，有時從那裏可以聽到他微弱的聲音。最後，她把他變成了蚱蜢。

門農是奧羅拉和提托諾斯的兒子。他是埃塞俄比亞的國王，住在最東部的大洋海岸。在特洛伊戰爭中，他帶着勇士們來為父親的親戚助戰。普里阿摩斯國王以隆重的儀式接待他，並以崇敬的心情聆聽他講述大洋海岸上的奇蹟。

就在到達後的第二天，門農顧不上休息就帶着人馬上了戰場。涅斯托耳勇敢的兒子安提羅科斯倒在他的手下。希臘人四下潰逃。突然，阿喀琉斯上場並扭轉了局面。他和奧羅拉的兒子進行了一場難分難解的鏖戰。最後，阿喀琉斯取得了勝利，門農被殺，特洛伊人潰不成軍。

奧羅拉在天上懷着憂慮的心情注意到兒子的險境，看到他倒下，她指示他的弟兄風神們把他的屍體帶到了帕弗拉戈尼阿的厄塞普斯河的岸邊。晚上，在時序女神和普勒阿得斯七姊妹的陪同下，她來到岸邊為兒子哭泣哀悼。夜神同情她的傷子之痛，用烏雲佈滿了天空，整個大自然都為黎明女神失去的兒子哀悼。埃塞俄比亞人在河邊岸上水澤女神們居住的叢林裏為他修了一座墓，朱庇特把他葬禮篝火的火花和灰燼變成羣鳥，這些鳥分成兩羣並在篝火的上空互相搏鬥，直至墮入火焰之中。每年他忌日的那一天，牠們都回來以同樣的方式悼念他。奧羅拉由於失去了兒子而悲痛不已，她的眼淚一直流着，每日清晨人們都可以在草葉上看到那些以露珠形式存在的淚珠。

四十四　翠鳥

　　刻宇克斯是忒薩利亞的國王。他的妻子是埃俄羅斯的女兒哈爾庫俄涅。她對丈夫情意繾綣，夫唱婦隨。現在刻宇克斯正為喪弟之痛而萬分憂傷。他認為他最好去伊奧尼亞的克拉羅斯走一趟，請教阿波羅的神諭。他剛跟妻子哈爾庫俄涅談起自己的打算，她就渾身戰慄，面如土色。她說：“親愛的夫君，讓我跟你一起去吧。否則的話，我將痛苦萬分，不僅為你必定面臨的真正的災難擔憂，而且還要為我所擔心發生的災難而愁腸百結。”

　　哈爾庫俄涅的這番話沉重地壓在刻宇克斯國王的心頭。可是他不忍心讓她經受海上的風險。於是他這樣回答說：“我以父王太白星的光輝起誓，如果命運允許的話，我保證在月亮第二次盈虧復圓以前趕回來。”說完這些話，他下令將船隻拖出船塢，配備好槳櫓帆篷。哈爾庫俄涅看到這些準備工作，不寒而慄，彷彿充滿不祥的預感。她淚流滿面，哭哭啼啼地道了別，便倒在地上不省人事。

　　這時，刻宇克斯一夥已經駛出港口，微風陣陣掠過繩纜，海員們收起槳，掛起帆。夜晚來臨時，他們已經走了將近一半的路程，可是東風越颳越緊，海面泛白，掀起陣陣波瀾。大雨傾盆，彷彿天塌下來要與海相會合。技術才能都無濟於事，勇氣膽量消失殆盡，陣陣波濤帶來的彷彿只是死亡。人人嚇得目瞪口呆。不久，閃電劈斷了桅杆，船舵又給打斷了，洋洋得意的海浪高高地翻捲着，俯視這艘遭難的破船，浪濤猛地落了下來，把船擊成碎片。刻宇克斯使勁地抓着一塊木板，大聲呼喊父親和岳父快來救援——可惜，毫無回音。但他呼喚最多的還是哈爾庫俄涅的名字。他祈求上蒼讓波濤把他的屍體送回她那裏，讓她親手埋葬他。終於，海浪吞沒了他，他沉了下去。

這時候，哈爾庫俄涅對海難一無所知，一味計算着丈夫該歸來的日子。她經常給所有的神祇燒香，尤其祭奉朱諾。她無休無止地為不在人間的丈夫祈禱。終於，朱諾女神不忍心再聽她為離開人世的死者求情，不願意看到本該操辦葬禮的人手在她的聖壇前忙碌。於是她召來彩虹女神伊里斯，下令道："伊里斯，快去叫索莫諾斯派個幻象去，化成刻宇克斯，給哈爾庫俄涅顯靈，讓她知道事故真情。"索莫諾斯馬上就派遣了他眾多兒子中最善於偽裝男人的形象的一個——摩耳甫斯——去執行伊里斯的命令。

摩耳甫斯很快來到海摩尼亞城。他化成刻宇克斯。蒼白得猶如死人的他赤身露體地站在可憐的妻子的牀前。他俯下身子，淚如泉湧，說道：“不幸的妻子，你認出你的刻宇克斯了嗎？哈爾庫俄涅，你的禱告沒有給我帶來好處。我死了，不要再欺騙自己了，不要妄想我還會歸來。”

哈爾庫俄涅在睡夢中呻吟，並伸出雙臂企圖擁抱他的軀體，但撲了個空。“別走！”她高聲喊道。她自己的聲音把她驚醒了。她跳起來，急切四顧尋找他的身影。她找不到他了，只好捶打胸部，撕扯長袍。奶媽問她為甚麼如此悲傷。她回答說：“哈爾庫俄涅活不下去了，她跟刻宇克斯一起死去了。他的船失事了，他死了。”

此時天已大亮。她到海邊尋找他出發時她最後一次看見他的地方。她向海面望去，發現水面上模模糊糊漂着一樣東西。原來那是她的丈夫。她哆嗦着伸出雙臂，高喊一聲：“啊，最最親愛的丈夫，難道你就是這樣回到我的身邊？”

她縱身躍上海岸外側的防波堤，她用當時當刻長出來的翅膀拍打空氣，飛了起來。她一邊飛一邊悲鳴，發出猶如哀哀哭泣的聲音。她落在無聲無息、生氣全無的屍體上，用新長出的翅膀去擁抱親人的肢體，用粗硬的鳥喙親吻他。心生憐憫的神祇把他倆都變成了鳥。

四十五 護樹神女所施的懲罰

　　護樹神女們有時以農家少女、牧羊女或獵人隨從的面目出現。但通常人們相信，她們棲身於某些樹木，並與樹木同生死，共存亡。因此，隨意砍伐樹木是不敬神的表現，會遭到嚴厲的懲罰。厄律西克同的故事便是例證。

　　厄律西克同是個瀆神者。他膽大包天，居然用斧子砍伐穀物女神刻瑞斯的神聖叢林。叢林中有一棵備受尊敬的老橡樹，世人常在樹上掛感恩碑，碑上面刻着銘謝護樹神女的碑文。女神們常常手拉手圍着老橡樹跳舞。然而，厄律西克同卻命令手下人砍倒這棵大樹。僕人們遲疑不敢下手，他便奪過一把斧子，親自砍伐起來，同時還口口聲聲說，他才不在乎這是一棵女神喜愛的樹木。橡樹彷彿哆嗦了一下，發出一聲呻吟。他一斧頭砍進樹身時，鮮血湧出傷口，有位旁觀者勸他趕快住手，厄律西克同卻把他殺了。守護老橡樹的女神向他發出警告，他反而加緊砍伐，終於砍倒橡樹。女神們便祈求神祇懲罰他。

　　刻瑞斯女神聽到她們的呼籲，答應了她們的祈求。她派一名山嶽神女前往冰雪覆蓋的，居住着寒冷、恐懼、顫抖和饑荒四位神祇的斯庫提亞。在高加索的山頂上，山嶽女神停下刻瑞斯的神龍所拉的車子。她遠遠地看到餓急了的饑荒之神正用牙和爪又啃又挖石頭地裏稀少的草木。山嶽女神向她傳達了刻瑞斯的命令，並且連忙返身趕回忒薩利亞，因為她也開始感到飢餓難捱了。

饑荒之神前去執行刻瑞斯的命令。她飛速劃過長空，進入厄律西克同的房內，乘厄律西克同熟睡之際，她用雙翼抱住他，向他口中送氣。於是，這個混蛋夢見自己想吃東西。醒來時，他更餓得發慌，他越吃越想吃。錢財花光了，他就賣女為奴，換取食品。幸好海神涅普頓拯救了他女兒，把她變成漁人。她假冒漁人對奴隸主說，她沒看見任何女人或男人，附近只有她一個人。她恢復本來面目以後又一而再、再而三地被她父親賣掉。不過，根據海神的意願，她每次都變成一種動物，重新回到自己的家裏。後來，那位父親餓得難熬，開始吃起自己的手腳，不久就把自己吃完了。

四十六　回響

　　厄科是位美麗的水澤女神，愛在山林中逐獵嬉戲。她是狄安娜的寵信，經常隨女神出獵。可是厄科有個毛病：喜歡多嘴多舌，不論大家是閒談還是爭論，她總愛接話荏。一日，朱諾發現丈夫不見了，懷疑他在跟眾水澤女神鬼混，便去找他。厄科用閒話纏住朱諾，讓其他水澤女神乘機溜掉。真相大白時，朱諾對厄科作了判決："你用伶牙俐齒哄騙了我，今後你將喪失説話的本領。只有在一種情況下你可以開口説話 —— 你可以應聲，這本來是你平時最愛幹的事。你能接別人的話荏，但不能先説出自己的意思。"

　　翩翩少年那耳喀索斯在山上打獵時遇上了這位女神。她一見傾心，到處跟着他。啊，她真想輕輕地喚他一聲，款款地和他交談，但她卻做不到。她心急如焚地等着他先開口，自己的答話倒是就在脣邊。有一天，少年跟同伴失散了。他大聲喊道："可有人在這裏呀？"厄科答："這裏呀！"那耳喀索斯四處張望，不見人影，就又喊道："過來。"厄科應聲:"來。"那耳喀索斯仍不見有人出現,便再次呼喊:"你為甚麼藏起來?"厄科也這麼發問。"咱們會合吧?"少年又喊。少女發出同樣的、來自她心底的呼聲。她急忙趕到那耳喀索斯跟前,伸出雙臂想去摟抱他的脖頸。他驚得倒退幾步,喊道:"別碰我!我寧可死也不願讓你佔有我!""佔有我!"她説。但這全是白費心機。他轉身走開,羞得她逃到樹林深處。從此,厄科就在巖洞與峭壁間徘徊流浪。悲傷吞噬她的形體,耗盡她的血肉。她的骨頭化為山巖,形體不復可見,但她的聲音仍然存在。至今要是有人召喚她,她總會發聲回應 —— 她始終保持着原來應聲的習慣。

四十七　點金術

彌達斯是伊達山大女神和一位姓名不詳的山林之神的兒子。他是馬其頓勃洛彌恩的好尋歡作樂的國王,他統治勃里癸亞人民,種植遐邇聞名的玫瑰花。

一天,歡天喜地的酒神狄俄倪索斯和追隨者從色雷斯出發去波奧提阿。狄俄倪索斯以前的老師，沉緬酒色的森林之神老西勒諾斯不巧跟隊伍走散了，他喝得醉醺醺的，躺在彌達斯的玫瑰花園裏酣然大睡。園丁發現了他，用花鏈捆綁他，把他領去見彌達斯。他給彌達斯講述有關大洋河彼岸的，與連成一片的歐羅巴、亞細亞，或阿非利加完全脫離的一個大洲的奇妙的故事。大洲上坐落着神奇的城市，居住着身材高大、幸福而長壽的人民，擁有值得讚頌的法律制度。西勒諾斯的故事使彌達斯聽得如痴如狂。他盛情款待老山神五天五夜，然後派嚮導護送他回到狄俄倪索斯的大本營。

狄俄倪索斯一直在為西勒諾斯擔心。現在，他派人問彌達斯有甚麼要求，他應該怎樣報答他。彌達斯毫不遲疑地回答說：“請恩准使我摸到的一切東西都變成金子。”然而，變成金子的不僅僅是石塊、花朵和屋內的陳設。他坐下吃飯時，他吃的食物和喝的水也都變成金子。過了不久，彌達斯懇求狄俄倪索斯使他從他那願望中解脫開來，因為他飢渴交加，快死了。狄俄倪索斯捉弄彌達斯，開心得很。他叫彌達斯前往帕克托羅斯河的源頭，在河裏洗個澡。彌達斯依法行事，立即解除了點金術，但帕克托羅斯河的沙子至今因含金而閃閃發光。

四十八　海豚救了歌手阿里翁

　　阿里翁 —— 海神波塞冬的一個兒子 —— 是演奏七弦豎琴的能手，他為了向狄俄倪索斯表示敬意還創作了酒神讚歌。一天，他的保護人，科林斯的霸主佩里安得耳不太情願地批准他出訪西西里的泰那魯斯。他應邀出席那兒的音樂會，參加比賽。阿里翁獲得了頭獎，崇拜他的人紛紛贈送給他許多值錢的禮物，那些僱來送他回科林斯的水手見了，頓起貪念。

　　"阿里翁，我們很抱歉，你非死不可。"船長對他說。

　　"我犯了甚麼罪？"阿里翁問。

　　"你太有錢了。"船長答道。

　　"饒了我的命吧，我把所有的獎品都送給你。"阿里翁哀求道。

　　"你到了科林斯就會反悔的，"船長說，"我要是你的話，也會這麼做的。強要來的東西不叫禮物。"

　　"好吧。"阿里翁只好聽天由命了，"但請准許我唱最後一支歌。"

船長同意以後，阿里翁身穿最華麗的長袍，走到船首，以充滿激情的歌曲祈求神祇保佑。歌罷，他縱身躍入大海。船繼續向前行駛。

　　然而，他的歌聲引來一羣喜愛音樂的海豚，其中一隻把阿里翁馱在背上，當天夜裏，他就趕上那艘船，在它抵岸拋錨前好幾天就回到了科林斯。佩里安得耳對阿里翁奇蹟般的脫險欣喜萬分。海豚不願意跟阿里翁分手，堅持要把他送到宮庭，在宮庭裏，牠在榮華富貴的生活中，不久便喪掉性命。阿里翁為牠舉行了盛大的葬禮。

　　船泊碼頭，佩里安得耳召見船長及水手。他假裝十分焦急，向他們打聽阿里翁的下落。

　　"泰那魯斯居民過於好客，他盛情難卻，在那兒要多耽擱些日子。"船長回答道。

　　佩里安得耳讓他們大家都指着海豚的墳墓發誓，表明船長講的是實話，接着，他使阿里翁突然出現在他們面前。他們無法抵賴罪行，都被就地處決。阿波羅後來把阿里翁和他的七弦豎琴形象安放在羣星之中。

四十九　斯庫拉變形記

　　格勞科斯是個漁夫。有一天他打漁起網，把網內的魚全倒在岸上，開始在草地上分門別類地挑選。突然，躺在草地上的魚開始活動，像在水中一樣擺動着魚鰭。他正看得發呆時，牠們一個個全都運動到了河邊，跳進水裏游走了。他不知道怎麼解釋這個現象。於是他就摘了一些草嚐了嚐。草的漿汁剛一入口，他立刻感到一種強烈的對水的渴望。他無法加以控制，就告別大地，縱身躍入河中。河中的水神們熱情地歡迎他。他們徵得兩位海的君主俄刻阿努斯和忒堤斯的同意：他身上一切凡人的東西都可以沖洗掉。於是就有一百條江河用它們的水向他潑來。當他甦醒過來的時候，他發現自己無論是外形還是內心都整個變了樣。他的頭髮變成海綠色，漂在身後水面上，雙肩變寬了，原來的大腿和小腿變成了魚的尾巴。海神們都稱讚他外表的改變，他也覺得自己變成了一個很漂亮的人物。

　　一天，格勞科斯看到水中仙女們的寵兒——美麗的少女斯庫拉正在岸邊漫遊。他愛上了她，就浮出了水面，對她説了一些他以為可以使她留在那裏的話。可是斯庫拉轉身匆匆跑掉了。

格勞科斯絕望之際，突然想到應向女巫喀耳刻求教。於是他就來到了她所在的島嶼，相互問候之後，他説道："女神，我請求你發發善心。只有你才能解除我蒙受的痛苦。我愛斯庫拉。我真不好意思對你講我是如何向她求婚和作出許諾的，她又是如何輕蔑地對待我的。我懇求你利用你的咒語或神草，不是用來醫治我的單相思，而是讓她也愛上我，並對我回報以愛。"對此，喀耳刻回答道（因為她對這位海神的魅力也不是無動於衷）："你應該追求一個願意愛你的人。不要膽小自卑，應該知道你自己的價值。我可以對你發誓，連我這樣一個女神，也不知道如何拒絕你的請求。如果她蔑視你，你就蔑視她。找一個願意找你的人，這樣可以一拍即合。"對此格勞科斯回答道："除非海底下會長樹，山頂上會生出水草，否則我就不會放棄對斯庫拉的愛，並且只愛她一個人。"

女神非常生氣，於是她就把她的全部怒火轉到她的情敵，可憐的斯庫拉身上。她採了一些有毒的草木，把它們混在一起，施以咒語和魔法。之後她來到斯庫拉居住的西西里海岸。在海岸附近有個小海灣，天熱時斯庫拉經常在這裏休息，呼吸海上的新鮮空氣並在海裏洗澡。喀耳刻就在這裏把她那混合的毒液倒掉，並唸了有巨大威力的咒語。斯庫拉像往常一樣，躍入了齊腰深的海水中。她驚愕地發現，自己被一羣海蛇和狂叫的海怪包圍了起來。開始她還沒想到這些怪物是她自己的一部分。她企圖逃離它們並把它們趕走，可是她逃跑時也在帶着它們跑，而且當她企圖觸摸自己的肢體時，發現自己的雙手觸到的只是那些妖怪張開的嘴。斯庫拉像石頭般地定在原地。她的脾氣也變得像她的外表那樣醜惡，以吞食那些漂到她附近的不幸的航海者為樂。

五十　賣父求愛的女兒

　　墨伽拉的斯庫拉把她的父親出賣給他的敵人，克里特島的彌諾斯二世。兩個國君在交戰，她卻瘋狂地愛上了彌諾斯。據説她父親尼索斯頭上有撮紫紅色的頭髮，主宰他的生命和命運。

　　一天夜裏，斯庫拉偷偷溜進父親的臥室，剪掉那撮著名的頭髮；然後，她拿走了城門的鑰匙，打開城門，偷偷溜了出去。她徑直來到彌諾斯的營帳，面呈那撮頭髮，希望換取他的愛情。"好合算的一樁買賣啊！"彌諾斯喊道；當天夜裏，他進佔城市以後就按協議與斯庫拉同眠。但他不肯把她帶回克里特島，因為他對她的殺父之罪行深惡痛絕。然而，斯庫拉游泳追上他的船隻，抓住船舵不肯撒手，後來，她父親尼索斯的陰魂化成海鷹俯衝下來，用爪及鈎喙襲擊她。驚慌萬狀的斯庫拉一鬆手，淹死在海裏；她的靈魂變成小鳥飛走了，這種鳥叫克里斯鳥，胸脯是紫色的，腿是紅色的。但有人説是彌諾斯下令將斯庫拉淹死；還有人説她的靈魂變成了克里斯魚，而不是克里斯鳥。

五十一　珀耳修斯斬除墨杜薩

埃古普托斯和他的五十個兒子把達那俄斯和他的五十個女兒趕回他們家族的祖籍阿耳戈斯。最後雙方達成和解，埃古普托斯的兒子和達那俄斯的女兒結成五十對姻緣。但是達那俄斯下了一個歹毒的命令，要他的女兒們遵命在新婚之夜殺死各自的丈夫，只有許珀涅斯特拉未曾從命。由於她們的罪行，四十九位達那伊得斯姊妹被罰下塔耳塔洛斯，永無休止地用漏底的桶打水。許珀涅斯特拉和丈夫林叩斯繁衍了阿耳戈斯王族。他們的兒子是阿巴斯，孫子叫阿克里西俄斯。下面就是關於他的故事。

　　阿克里西俄斯的女兒 —— 達那厄 —— 容貌過人，舉世無雙。由於神諭預言達那厄的兒子將置外祖父於死地，這位不幸的姑娘被關在地下室裏，以防男人愛上她和她結婚。但是朱庇特化成一陣金雨，灑入姑娘的牢房，向她求愛，贏得了她。他們的兒子便是珀耳修斯。阿克里西俄斯國王深為不安，下令將母子裝進一隻箱子，扔到海裏隨波漂浮。然而，在塞里福斯島，一位漁民救起了這兩個不幸的人，並把母與子送交國王波呂得克忒斯。開始時他熱情接待他們，但是後來卻變得態度殘酷。

　　珀耳修斯長大以後，波呂得克忒斯派他去征服墨杜薩 —— 一個可怕的把國土變成荒地的怪物。墨杜薩曾是一位美麗的少女，一頭青絲使她容光照人。但是由於她膽敢同彌涅耳瓦比美爭豔，女神剝奪了她的美貌，把她的鬈髮變成嘶嘶作響的毒蛇。她變成了一頭面目極端可怖的怪物，任何有生命的東西只要看到她就立刻變成石頭。她所居住的洞窟周圍到處是人獸的石像，它們都是無意中瞥見她，因而立即變成石頭的。珀耳修斯在彌涅耳瓦和墨丘利的庇護下，出發去征服這蛇髮女妖。他先來到格賴埃三姊妹的洞窟。

珀耳修斯抱走了格賴埃共用的那隻眼睛，迫使她們為了重新獲得眼睛而告訴他，用甚麼辦法可以取得哈得斯的能使人隱身不見蹤影的頭盔和至關重要的帶翼的鞋子與口袋。珀耳修斯終於有了這套裝備，再加上彌涅耳瓦的盾牌和墨丘利的匕首，他便飛速前往女妖的住所。在墨杜薩祈求神祇早日結束她的苦難的時候，或者如某些神話所說，乘墨杜薩熟睡之際，珀耳修斯走到她的跟前。他十分小心，不直接去看她，而是藉着她映在他手執的光亮盾牌上的影子一刀砍下她的腦袋。他把墨杜薩的頭顱送給彌涅耳瓦，女神把它嵌在埃癸斯神盾的中央。

五十二　阿特拉斯肩負天體

珀耳修斯殺死墨杜薩之後，提着她的腦袋翻過高山，越過海洋，四處飛行。夜晚降臨時，他來到日落之處，地球的最西端。他很想在這裏休息過夜。這是阿特拉斯國王的國土。阿特拉斯長得五大三粗，天下無雙。他擁有成羣的牛羊，友邦或敵人都對他的國力深信不疑。不過，他最引以自豪的是他的果園，那兒在金葉的虛掩下，金樹枝上掛滿了金蘋果。珀耳修斯對阿特拉斯說：“我是來做客的。如果你看重血統的話，我敢說我的父親就是朱庇特；如果你注重豐功偉績的話，我想說明，是我力斬蛇髮女妖的。我來是想找休息的地方和充飢的食物。”然而，阿特拉斯想起古時候的預言說過，有一天，朱庇特的一個兒子將奪走他的金蘋果。於是，他回答說：“走開！要不然，你自吹自擂的光榮業績和高貴血統一類的謊話都救不了你的命。”說着，阿特拉斯便動手想把珀耳修斯推出去。珀耳修斯發現巨人力大無比，他對付不了，便說：“既然你看不起我對你的友誼，那就請你勉為其難，接受我的禮物吧。”他轉過臉去，高高地舉起蛇髮女妖的腦袋。儘管阿特拉斯碩大無比，但頃刻間他就化成石頭。他的鬍鬚和頭髮變成樹林，雙臂和肩膀變成了峭壁，頭成了山頂，骨頭成了石頭。他身體的每個部分都不斷膨脹，終於成了一座大山。根據神祇的心願，天體及其羣星落在他肩頭，由他來背負。

五十三 珀耳修斯殺海怪，得美妻

　　珀耳修斯繼續飛翔，來到了埃塞俄比亞人的國土。那裏的國王是刻甫斯，王后為卡西俄珀亞。王后深為自己的美貌而感到驕傲，大膽地把自己比作女海神。結果引起了海上神女們的憤怒，她們派了一個巨大的海妖來蹂躪王國的海岸。為了安撫神祇，神諭指示刻甫斯把女兒安德洛墨達送去餵海妖。珀耳修斯在從天空向下望時，看到了這位處女被綁在巖石上，等候着那海蟒的到來。他看到這種景象十分吃驚，幾乎忘了鼓動翅膀。他在她的上空盤旋並說：“啊，少女，請你告訴我，你叫甚麼，這個國家叫甚麼名字，為甚麼要把你這樣綁起來？”開始她由於謙虛而沉默不語。不過當他再三追問時，她怕他誤以為她幹了甚麼見不得人的醜事，就說出了自己和國家的名字，以及她母親為其美麗而驕傲等等。話沒說完，水面不遠的地方傳來一陣聲響，原來是海怪來了。牠昂起頭在水面上游，用寬闊的胸部劈開海浪。少女尖叫起來。已經到場的少女的父母——兩個不幸的人——卻只能站在那裏束手無策，母親尤其傷心，嚎陶大哭並抱着自己的女兒。這時珀耳修斯說道："現在不是哭的時候，我們得趕緊救她。作為朱庇特的兒子和斬除蛇髮女妖的勇士，我也許有資格成為求婚者。但我將用立功的方式贏得她。如果靠我的勇氣能夠使她得救，我要求你們把她作為對我的獎賞。"那對父母同意了，並答應給她一份與她王族身份相符的嫁妝。

現在海怪離他們只有一擲石之遙了。珀耳修斯突然從平地一躍而起。老鷹從高空望見大蟒躺着曬太陽時會撲下來，抓住蟒的頸部，使牠不能轉過頭來使用牙齒。此時這位青年人就像老鷹那樣，箭一般地撲向海怪的背部，並把劍刺入牠的肩膀。海怪由於受傷而惱怒，牠把頭抬向高空，又扎入海洋深處。然後牠像一隻被一羣狂叫的狗圍住了的野豬一樣，迅速地左右轉動。青年用翅膀閃躲牠的攻擊。他用劍在蟒蛇的鱗片之間猛刺，一會兒刺牠的腹部，一會兒刺牠的兩側。妖怪的鼻孔中噴出了混着血的海水。由於珀耳修斯的翅膀被血水沾濕了，他不敢再飛了。他降落到突出水面的一塊巖石上，抓牢一個突出的部分，待海怪游近他身旁時給了牠致命的一擊。聚集在海岸上的人羣高聲呼喊，羣山響應而傳來陣陣回聲。欣喜若狂的父母擁抱他們未來的女婿，稱他是

他們家的救星和救命恩人。那位少女 —— 角鬥的緣起和
獎品 —— 從巖石上走了下來。

五十四　金羊毛

　　遠古時候忒薩利亞有個國王名叫阿塔瑪斯，王后叫涅
斐勒。他們生了一子一女。日久天長阿塔瑪斯變了心，遺
棄原配，另娶了一個。涅斐勒惟恐繼母會加害於孩子，就
籌劃把他們送到繼母的勢力所達不到的地方去。墨丘利出
面幫忙，派來一頭長着金毛的公羊。涅斐勒叫兩個孩子騎
到羊背上，聽憑公羊把他們送到安全的處所。公羊馱着孩
子騰空而起，朝東方飛去，在越過歐亞兩洲分界的海峽
時，女孩從羊背上滑下，墜入海中。公羊繼續向前飛奔，
來到了黑海東岸的科爾喀斯王國，把男孩佛里克索斯平穩
地放到地上，受到國王埃厄忒斯的熱情接待。佛里克索斯
殺了公羊祭獻朱庇特，並把金羊毛送給了埃厄忒斯。國王
把它放置在一片聖林中，由永遠不眠的猛龍守衛着。

　　在忒薩利亞還有一個王國與阿塔瑪斯的國家毗鄰，由

他的一個親戚埃宋統治着。國王埃宋不堪政事之苦，讓位給弟弟珀利阿斯，條件是：等埃宋的兒子伊阿宋長到及冠之年，就由他繼承王位。當伊阿宋長大成人，向叔叔討還王位時，珀利阿斯一面滿口答應讓位，一面卻慫恿他去進行一次光榮的冒險：去奪取金羊毛。他的話正合伊阿宋的心意，於是伊阿宋就着手準備遠航。他僱用阿耳戈斯為他建造一艘能載五十人的大船，並以造船師的名字命名，叫阿耳戈號。

阿耳戈號載着一船的英雄自忒薩利亞海岸出發，越海來到色雷斯。攸克辛海峽彷彿由兩個巖石小島把守着入海口，這兩個小島隨着風浪起伏，時時有相撞的可能。如果恰有任何東西夾在兩島當中，必然要被擠壓成齏粉。當船來到小島前，他們便放出一隻鴿子；牠在兩島間撿路飛行，安全飛過，只被夾掉幾根尾毛。伊阿宋和他的夥伴們趁兩島撞開的時機，奮力搖槳，兩島再次相撞時，船已安全通過。他們接着沿海岸向前划行，在科爾喀斯王國登岸。

伊阿宋向科爾喀斯國王埃厄忒斯説明來意，國王答應送上金羊毛，可是伊阿宋得將兩頭長着銅蹄、鼻孔噴火的公牛套上犁翻地，並且把卡德摩斯擒殺的巨龍的牙齒種到地裏。盡人皆知，龍牙種到地裏後，會長出一隊全副武裝的戰士，他們將用利刃來對付播種的人。伊阿宋接受了國王的條件，當下訂下了他一試身手的日期。但伊阿宋事先設法疏通了國王的女兒美狄亞；他答應娶她為妻，把她邀到赫卡忒祭壇前，向女神賭咒發誓。美狄亞心軟了，幫助他掌握了一種符咒，能有效地對付公牛噴出的毒火和武士們的利刃，因為她本是個法術高超的女巫。

約定的日子來到了。兩頭銅蹄牛衝了進來，鼻孔裏噴出火焰，將沿路的草木燒成灰燼。伊阿宋迎上去，毫無懼色。灼人的毒氣竟奈何不得伊阿宋，他溫柔款語地勸慰着那兩頭牛，撫摸着牠們的脖頸，手毫不打顫，同時就勢將牛軛套了上去，牽着牠們犁起地來。然後伊阿宋播下了龍牙，又把地耙平。不久一隊全副武裝的戰士就冒出了地面。他們馬上就揮動着刀劍向伊阿宋衝來。開始時伊阿宋先用劍和盾抵擋了一陣，但一看實在寡不敵眾，就施展出美狄亞教給他的法術。他撿起一塊石頭，扔到武士羣中，他們立即回戈互相廝殺起來，不一刻功夫，這些龍仔們竟無一倖存。

最後一關是催那守衞着金羊毛的怪龍入眠。伊阿宋將美狄亞事先調好的藥水往牠身上灑了幾滴，那龍一聞到藥水氣味就收斂了囂張的氣焰，呆呆地站了片刻，慢慢地閉上那雙從未合過的大圓眼，臥倒在地，酣然入睡。伊阿宋抓起了金羊毛，叫上朋友們和美狄亞，急忙奔回到自己的船上，趁埃厄忒斯的追兵尚未趕到之際，他們揚帆破浪朝忒薩利亞趕去，最後安全返航。伊阿宋將金羊毛交給了珀利阿斯，將阿耳戈號祭獻給涅普頓。

五十五　女巫美狄亞

　　伊阿宋在歡慶取得金羊毛的時候，感到有些美中不足，因為他的父親埃宋因為年邁體弱不能前來同慶。伊阿宋向美狄亞請求道："夫人，你的魔法能否再幫我一次，將我的壽命減掉幾年，添加給我的老父。"美狄亞回答說："這種作法代價太大了。也許我能施展魔法使他多活幾年，而你也不必為此損壽。"在月亮虧了又圓的那天，她等到人人都入夢鄉後，隻身來到荒野之中。她誦讀咒文，祈禱羣星、明月、管理陰司的女神赫卡忒和大地女神忒路斯。隨着她的禱告聲，羣星越發璨爛。不久就有一輛飛蛇駕馭的車子從天而降。她登上車，車就騰空而起，載着她馳向長着奇花異草的遠方，她對它們的功能瞭如指掌。她用了九天九夜採集了需要的草藥，這期間她風餐露宿，既沒有回過宮，又沒有與世人有任何交往。

接着她搭起兩座祭壇，一座祭祀赫卡忒，一座祭祀青春女神赫柏。她宰了一頭黑羊做祭品，將奶和酒潑到地上做祭酒。她向普路同和他偷來的新娘禱告，乞求他們不要來催討老人的生命。然後她派人將埃宋帶到祭壇，用法術使他昏睡過去，像停屍似的把他平臥在香草上。她散開長髮，繞着祭壇急轉三圈，用樹枝蘸羊血做棒香，放到祭壇上去焚燒。她同時準備了一口大鍋，裏面放好了原料。她還放了些碎龜殼片，幾葉鹿肝——龜和鹿都是長壽動物，一隻烏鴉的頭和喙，因為烏鴉的壽命有九代人那麼長。她把這些原料和一些"非人間物"一起熬煮烹製她的藥湯。她不時地用一根乾枯的橄欖枝攪拌着；看啊，那橄欖枝剛從鍋裏出來，頓時就變得碧綠，不一會兒功夫就長出了葉子和一串串的嫩橄欖。

美狄亞看到一切就緒，就割開了老人的喉管，放乾他全身的血，然後用煮好的湯汁灌到他的嘴裏和割開的喉管裏。汁液慢慢滲了進去，老人霜白的鬚髮竟變得烏黑了，像青年人的一樣；蒼老憔悴的神態消退殆盡，他變得容光煥發，精力充沛。埃宋不知道自己是如何返老還童的，他只覺得年輕了四十歲。

這一次，美狄亞用巫術做了件好事，但另一次卻非如此 —— 她用巫術打擊報復。讀者大概還記得珀利阿斯篡奪了姪子伊阿宋的王位，在他來討要時又把他支使到國外去的這件事吧？但是，珀利阿斯準還是有些美德的，因為他深得女兒們的敬愛。她們見到美狄亞使埃宋返老還童了，就請求美狄亞也為她們的父親幫幫忙。美狄亞滿口答應，也像上次似的熬了一鍋藥湯。哪知美狄亞這次熬的藥與上次的全然不同。她只放了幾味普通的草藥，加了點水。那天晚上她隨同珀利阿斯的女兒們來到了老王的寢室。老王和他的衞士們都睡得昏昏沉沉的，因為美狄亞事先已對他們施了法術。老王的女兒們手持利刃，站在父親牀前。她們轉過臉去，朝牀上面亂砍了幾下，刺傷了老王。他從夢中驚醒，喊道："女兒們，你們要幹甚麼，想殺死親生父親嗎？"她們膽怯了，刀子從手中掉下。美狄亞沒等他再說話就給了他一劍，結束了他的性命。

接着，她們把老王安置於鍋中。美狄亞乘人們還沒有識破她的陰謀詭計，趕快登上飛蛇車逃之夭夭。她是逃脫懲罰了，但好景不長。伊阿宋雖然受了她那麼多恩惠，還是變了心，想要另娶科林斯的公主克瑞烏薩為妻。這種忘恩負義的行為使美狄亞十分惱怒，她祈求眾神為她報仇。她送給新娘一件有毒的長袍，殺死了親生兒女，然後放火燒了宮殿，乘着蛇車逃到了雅典，嫁給了雅典國王，忒修斯的父親埃勾斯。

五十六　生死攸關的木頭

　　覓取金羊毛的阿耳戈遠征隊裏有一位英雄叫墨勒阿革。他是卡呂冬的國王俄紐斯和王后阿爾泰亞的兒子。在墨勒阿革呱呱落地的時候，阿爾泰亞窺視到三位命運女神紡着命運之線預言道：當火爐中的那塊木頭燒成了灰炭時，這個孩子的壽命將隨之告終。阿爾泰亞從爐火中抽出那塊木頭，澆滅了它，小心翼翼地藏了起來。轉眼間許多年過去，墨勒阿革從孩提變成青年，長大成人。事有湊巧，有一次俄紐斯祭祀眾神，竟忘記給狄安娜獻祭品。這種怠慢的行徑惹惱了狄安娜，她差遣一頭碩大無比的野豬來踐踏卡呂冬的田園。看來一切常用的擒獸方法對牠都無濟於事。在這種情況下，墨勒阿革號召全希臘的英雄們聯合起來，圍捕這頭惡獸。忒修斯、伊阿宋、珀琉斯（日後是阿喀琉斯的父親）、埃阿斯的父親忒拉蒙、小青年涅斯托耳——就是晚年時與阿喀琉斯和埃阿斯一起去攻打特洛伊城的那位英雄，這些人還有別的英雄們都參加了這次的行動。同來的還有阿加迪亞國王的女兒阿塔蘭塔，她眉宇間凝聚着女性的美與少年武士的俊秀。墨勒阿革一見傾心。

這批武士臨近獸穴。野豬正臥在坡下的蘆葦中，追捕之聲把牠吵醒，牠向獵人們直奔過去。一個又一個的獵手被掀倒在地。伊阿宋邊祈禱狄安娜保佑他成功，邊投出長矛。狄安娜接受了他的祈禱，允許他擊中目標卻不准殺傷，擲出的矛還在空中時就掉了鐵尖。野豬向涅斯托耳衝來，他爬上了一棵樹才得脫險。忒拉蒙向惡獸撲去，但卻被露在地面的一條樹根絆倒。倒是阿塔蘭塔射出的一枝箭第一次使那惡魔流了血。墨勒阿革揮起長矛，第一下撲了空，第二下扎進了惡魔的腰部，他跑上去又連刺幾下，終於把那怪物擊斃。

這時周圍爆發出一陣歡呼聲，向勝利者祝賀，武士們擁上來，撫摸着墨勒阿革的手。墨勒阿革用腳踩着那死豬的頭，轉臉向着阿塔蘭塔，將自己的戰利品豬頭和生豬皮呈獻給她。這一舉動引起了其他獵人的忌妒和非難。墨勒阿革的兩個母舅普萊西蒲斯和陶休斯尤為不滿。他們從姑娘手中搶走了她已接受的贈禮。墨勒阿革認為這是對他，特別是對他的意中人的侮辱，憤怒之中，忘掉了親戚本份，撥出劍來刺進了挑釁者的胸膛。

阿爾泰亞為了感謝神明保佑兒子取得了勝利，正抬着禮物往廟宇走，在半路上遇到了抬着她兄弟屍體的人們。她捶着胸脯，號啕大哭，急忙將喜慶的豔服換成了喪服。當她知道了兇手的姓名時，她的悲傷轉化成了嚴懲兒子的慾望。她找出了那塊以前從火堆裏抽出來的木頭，就是命運女神所說的決定墨勒阿革性命的那塊木頭，命人點燃了一堆火。她背過身去，將那命運之木投進了燃燒着的柴堆。

那木頭彷彿發出了一聲臨終前的呻吟。墨勒阿革這時不在城中，也不知道他母親幹的這些事情，只是莫名其妙地突然覺得一陣疼痛，身體裏像燒着一把火。他只是憑了勇氣和驕傲才抵住了焚燒他的痛楚，懷悔不如當初體面地死在浴血奮戰中。臨終前，他呼喚老父、弟弟、親愛的姐妹們、意中人阿塔蘭塔，還呼喚着母親 —— 他厄運的幕後主謀。那一把火越燒越大，英雄的痛楚也隨之加劇。漸漸地兩者都減弱了，終於熄滅了。木頭燒成了灰，墨勒阿革的性命也煙消雲散了。

阿爾泰亞燒完木頭以後，就自刎身亡。墨勒阿革的死使他的姐妹們悲痛欲絕。這家人曾經惹惱過狄安娜，但現在他們的慘狀使她產生了憐憫之心，她把這些姐妹們都變形成為飛鳥。

五十七　忒修斯的誕生

庇透斯是他那時代最有學問的人。今人還時常引用他有關友誼的道德格言：“切勿使友誼培養出來的希望成為泡影；要使它高度實現。”

庇透斯還在比薩居住時，珀勒洛豐曾請求娶他的女兒埃特拉為妻，但婚禮尚未舉行，珀勒洛豐就因名譽掃地，被遣送到卡呂亞。雖然埃特拉在名義上還是許配給珀勒洛豐，但他回來娶她的可能性實在很小。庇透斯對女兒被迫終身不嫁做處女感到悲哀。他在美狄亞從遠方施來的蠱惑他們的咒語的影響下，灌醉了埃勾斯，把他送去和埃特拉同牀共衾。當天夜裏，波塞冬也跟她雲雨交歡。但他很大方地許諾説，埃特拉在四個月內生下來的任何孩子都可以認埃勾斯為父。

埃勾斯醒來發現自己躺在埃特拉的牀上，便告訴她，如果他們有兒子的話，這孩子千萬不能暴露身份或送往別處，必須秘密地在特洛曾托養長大。他在聳立於從特洛曾到赫耳彌恩的大道上的一塊空心巖石下埋好了他的寶劍和絆鞋，然後返航回雅典。如果孩子長大了，能挪動巖石取出信物，埃特拉就應派他帶了信物去雅典。在此之前，埃特拉必須保持沉默，免得埃勾斯的姪子，帕拉斯的五十個兒子，會陰謀殺害她。

在從城裏到特洛曾港口的一個地方，埃特拉生下了一個男孩忒修斯。他在特洛曾長大成人。他的保護人庇透斯出於謹慎，散佈謠言説他的父親是波塞冬。

十六歲那年，忒修斯朝拜了得爾福，把他成年後剪下的第一撮頭髮獻給了阿波羅。他現在是一個強壯、聰慧而又謹慎行事的年輕人。埃特拉把他領到埃勾斯藏寶劍和絆鞋的石頭跟前，把他的身世一五一十地告訴了他。他毫不費力地挪動巖石，取出信物。然而，他不聽庇透斯的警告

和母親的哀求，決意不取較為安全的海路去雅典。他一心
走陸路旅行，因為他十分崇拜他的表兄赫拉克勒斯，一心
想在建立豐功偉績方面跟他競賽。

五十八　忒修斯尋父記

　　忒修斯出發去掃蕩聚集在從特洛曾到雅典的沿海大路
上的匪賊。他從不主動挑起爭端，但對敢於欺凌他的人必
定進行報復，並且像赫拉克勒斯那樣給對方的罪行以應有
的懲罰。在厄庇道洛斯，經常用一根黃銅大棒殺害過往行
人的珀里斐忒斯埋伏襲擊他。忒修斯從珀里斐忒斯手中奪
過大棒，把他打死。他喜歡這根又粗大又沉重的銅棒，便
從此驕傲地隨身帶着它。

　　在地峽的最狹窄處，可以看到左右兩邊的科林斯海灣
和薩隆尼刻海灣的地方，居住着辛尼斯，他有個外號叫
"扳松人"，因為他力大無比，可以扳倒松樹，使樹尖接
觸地面。他常常請單純無知的行人幫他扳倒松樹，但他自
己會突然鬆手。樹幹彈回去挺直時，行人就會被高高地拋

到天空，再掉下來摔死在地上。他還會把兩棵鄰近的松樹扳倒，使頂部互相接觸，然後把受害者的雙手分別綁在兩棵樹尖上，他撒手放開松樹時，這人就會被撕成兩片。忒修斯跟辛尼斯進行格鬥，制服了他，並如法炮製，以其人之道還治其身。

沿着海邊的道路，忒修斯來到從海裏筆直升出來的陡峭的絕壁。這兒是強盜斯喀戎的一個據點。斯喀戎常常坐在大石頭上強迫過往旅客為他洗腳。他們彎腰替他洗腳時，他便一腳把他們踢過懸崖扔下海去，海裏有一隻巨龜游來游去，等着吃人。忒修斯拒絕為斯喀戎洗腳。他把斯喀戎從石頭上抓起來，扔進海裏。

忒修斯來到阿提刻科律達魯斯，殺死了辛尼斯的父親波利彼蒙。波利彼蒙住在大路邊，家裏有兩張牀，一張大的，一張小的。他留旅行者在家過夜。他讓矮個兒睡大牀，把他們抻到跟牀一樣長；他讓高個子睡小牀，把伸在牀外的腿鋸掉。然而也有人説，他只有一張牀，按牀的長度來抻長客人或砍短他們。不管哪個説法是對的，反正忒修斯用他對付行人的辦法處置了他。

忒修斯在克羅尼厄斯月的第八天來到了雅典。

忒修斯在特洛曾長大的時候，埃勾斯信守他對美狄亞的諾言。當她駕着著名的由飛蛇牽引的車子從科林斯逃來的時候，他讓她在雅典避難，並且娶她為妻，充分相信她的法力能使他後繼有人。他當時並不知道埃特拉為他生了忒修斯。

然而忒修斯一進城來，美狄亞就認出他來，對他十分妒忌，因為本來人人都認為她跟埃勾斯生的兒子墨多斯是雅典王位的繼承人。於是，她哄騙埃勾斯，使他相信忒修斯不是特務便是刺客，讓他請忒修斯到海豚廟赴宴。在宴會上，埃勾斯將請他喝一杯由她準備的有毒藥的酒。

一說是在烤牛肉端上來的時候，忒修斯故意拔出寶劍，好像要用劍去割肉，結果引起了他父親的注意。也有人說，他毫無猜疑地端起酒杯剛要喝時，埃勾斯注意到象牙劍把上雕刻的蛇，把毒藥一把打在地上。

接踵而來的是雅典有史以來最盛大的歡慶。埃勾斯擁抱忒修斯，召開公眾大會，公開承認他為兒子。他點燃所有聖壇上的火把，在神像前堆滿禮物。宮殿內外以至全城各處，貴族與平民同歡宴，共歌唱，歌頌忒修斯取得的光輝業績。

五十九　殺父娶母的俄狄浦斯

忒拜國王拉伊俄斯受到神諭警告：如果他讓新生下來的兒子長大成人，他的王位和生命就會發生危險。於是拉伊俄斯委託一個牧人帶走他的兒子，命令他殺死孩子。牧人動了憐憫之心，但又不敢斷然違抗命令。他捆住嬰兒的雙腳，把他倒掛在一棵樹的樹枝上，吊在那裏不管了。一個農民發現吊在樹上的嬰兒，便把他抱去見男女主人。主人收養了孩子，取名為俄狄浦斯，意思是"腫脹的腳"。

多年以後，拉伊俄斯去得爾福朝聖，身邊只有一名隨從陪伴。途中，他們與一個也駕着一輛馬車的青年狹路相逢。年輕人拒絕了他們要他讓路的命令，隨從便殺掉他的一匹馬。素不相識的年輕人一怒之下便把拉伊俄斯和他的隨從都殺了。這位青年就是俄狄浦斯。他在不明真相的情況下殺死了自己的父親。

不久，忒拜城又有災禍。有個妖怪在大道上為非作歹，它叫斯芬克斯，是個獅身女人面的妖怪。它蹲在一塊大石頭上，攔住一切過往的行人，讓他們猜謎語。能破謎的人可以安全通過，猜不出來的人就被它殺掉。迄今沒有人能猜破它的謎語，他們都遭到殺害。俄狄浦斯聽到這些令人膽戰心驚的描述，但他毫不恐懼，反而勇敢地前去接受考驗。斯芬克斯問他：“甚麼動物在早上用四條腿走路，中午用兩條腿，晚上用三條腿？”俄狄浦斯答道：“是人。童年時他手腳並用到處爬，成年時他挺直身子走路，老年時則拄着拐杖行走。”斯芬克斯見到有人破了它的謎語，痛苦萬分，縱身跳下巖石摔死了。

忒拜人民十分感激俄狄浦斯為他們除卻禍害，拯救生靈，便舉他為王，並使他娶王后伊俄卡斯忒為妻。俄狄浦斯由於不了解自己的身世，先是殺了生身父親，現在娶了王后，又做了生身母親的丈夫。無人知曉所有這一切可怕的事情，直到後來忒拜城發生了瘟疫和饑荒，人們請教了神諭，俄狄浦斯的雙重罪孽才真相大白。伊俄卡斯忒自殺身亡。俄狄浦斯也瘋了。他挖出自己的雙眼，離開忒拜四處漂泊。人們畏懼他，拋棄他，只有女兒孝心不死，忠誠地追隨着他。過了相當漫長而艱辛的流浪生活，俄狄浦斯的悲慘生命才得以結束。

六十　英雄與飛馬

　　珀耳修斯砍下墨杜薩的腦袋的時候，血滴入土中從而生出飛馬珀伽索斯。彌涅耳瓦捉住牠，加以馴服，贈送給繆斯女神。繆斯的赫利孔山上有一口希伯克林泉就是珀伽索斯用蹄子踢出來的。

　　喀邁拉是一頭會噴火的可怕的怪獸。它的上半身是獅羊合體，下半身則是龍。牠在呂喀亞大肆騷擾，製造禍害。國王伊俄巴托斯尋求能殺死牠的英雄。其時，一個名叫珀勒洛豐的年輕勇敢的武士來到宮廷，他給國王帶來女婿普洛托斯的一封信。普洛托斯在信中用極為熱情的口吻推薦珀勒洛豐，說他是天下無敵的英雄，但在結尾處卻是求岳父把他處死。原來普洛托斯妒忌珀勒洛豐，懷疑妻子安托亞過於崇拜這位年輕的勇士。

　　伊俄巴托斯讀了信，一時不知如何是好。他既不想不盡地主之誼，又不能拂了女婿的意願。突然，他有了個好主意：派珀勒洛豐去和喀邁拉搏鬥。珀勒洛豐接受了建議，但在出征前請教了占卜者波呂伊多斯。後者建議他，若有可能，把飛馬珀伽索斯找來助戰。為此，他指點珀勒洛豐在智慧女神彌涅耳瓦的神廟裏過夜。珀勒洛豐照辦了。在他熟睡時，彌涅耳瓦來到他身邊，給了他一副金轡子。他醒來時發現金轡子還在手中。彌涅耳瓦還指點給他看正在皮利恩泉飲水的珀伽索斯。飛馬見到金轡子，就乖乖地跑過來讓人騎。珀勒洛豐騎上飛馬，升入高空，很快就發現了喀邁拉，輕而易舉地戰勝了那頭怪獸。

珀勒洛豐征服喀邁拉以後，又被不友好的主人派去經受新的考驗，執行別的使命。靠着珀伽索斯的幫助，他都一一取勝。伊俄巴托斯看到這位英雄特別受眾神的寵愛，就把女兒嫁給他，使他成為王位的繼承人。後來，珀勒洛豐變得日益驕傲和自以為是，終於得罪眾神。據説，他甚至企圖駕着飛馬闖入天國，但朱諾派出一隻牛虻去叮珀伽索斯。飛馬失蹄，把珀勒洛豐從馬背上摔了下來，變得又瞎又瘸。從此，珀勒洛豐避開一切行人來往的道路，獨自一人在阿萊恩的田野裏漂泊流浪，悲慘地了結了一生。

六十一　西緒福斯的石頭

　　埃俄羅斯的兒子西緒福斯娶了阿特拉斯之女普勒阿得斯姊妹中的墨洛珀為妻。他在科林斯地峽那裏擁有一羣良種牛。

　　他家附近住着奧托呂科斯，這傢伙從前是個精明的竊賊，因為赫耳墨斯給他神力，使他可以把任何偷來的野獸改頭換面，無角的變成有角的，黑的變成白的，也可以倒過來使白變黑，使有角變無。因此，雖然西緒福斯發現自己的牛羣數目越來越少，而奧托呂科斯的越來越多，但他一時無法定他犯有偷盜之罪。於是，有一天，他在所有的牛蹄裏邊都刻上他姓名的首字母"SS"。那天夜裏，奧托呂科斯又像往常一樣進行偷竊。天亮時，路上的蹄印使西緒福斯有足夠的證據召集鄰居來親眼見證抓賊。他進入奧托呂科斯的牛圈，憑帶記號的蹄子把被偷走的牲畜一一認了出來。他讓證人去規勸那個竊賊，自己卻匆匆繞到房前，從正門入屋，乘外邊的人還在爭論的時候，誘騙了奧托呂科斯的女兒安提克勒亞。她為他生了俄底修斯。

宙斯拐走埃癸娜以後，她的父親河神阿索波斯到科林斯來尋找她。西緒福斯對埃癸娜的情況知道得一清二楚，但他不肯告訴阿索波斯，除非阿索波斯肯為科林斯城堡提供一條四季不斷的常流河。阿索波斯接受這一條件，使珀瑞倪泉在阿佛洛狄忒廟後湧出地面。於是，西緒福斯便把他所知道的一切和盤托出。

　　宙斯僥倖躲過了阿索波斯的的報復，命令兄弟哈得斯把西緒福斯永遠拘到塔耳塔洛斯，懲罰他出賣神祇的秘密。然而，西緒福斯毫不畏縮。他哄騙哈得斯給他表演手銬的用法，狡獪地給哈得斯戴上手銬，並馬上上鎖。於是，哈得斯被關在西緒福斯的家裏，當了幾天囚徒——這造成了不可收拾的局面，因為沒有人能死去，連砍掉腦袋、切成碎塊的人都死不了。最後，阿瑞斯因自己的利益受到威脅，匆匆趕來，釋放了哈得斯，並把西緒福斯捉拿歸案，交哈得斯處理。

　　可是，西緒福斯還留有一手。他在下塔耳塔洛斯以前，指示妻子墨洛珀不要埋他。他到了哈得斯的宮殿以後徑直去見珀耳塞福涅，告訴她，作為一個未被埋葬的人，他無權呆在冥國，而應留在斯堤克斯河彼岸。"讓我回到上界，"他懇求道，"安排好我的葬事，懲治怠慢我的人。

三天之內我就回來。"珀耳塞福涅上當受騙，答應了他的請求。西緒福斯一旦回到陽界，就推翻對珀耳塞福涅的諾言。最後，出動了赫耳墨斯才把他用武力硬拖回陰間。

　　也許因為他泄露了宙斯的秘密，也許因為他一直靠掠奪為生，常常殺害不抱戒心的過往行人，總之，西緒福斯受到了起殺一儆百作用的懲罰。陰間法官們指給他看一塊巨石，命令他把石頭推到山頂，推出另一邊的斜坡。他至今未能做到這一點。他快推到山頂時，石頭的重量迫使他後退，而巨石再一次蹦到山底。他疲憊不堪地在山腳找到石頭，又要從頭推起。

六十二　忘恩負義的伊克西翁

　　拉庇泰國王伊克西翁答應娶伊俄紐斯的女兒狄阿為妻，保證贈送豐盛的聘禮並邀請伊俄紐斯前來赴宴。但他在宮殿前面設下陷坑，坑下點燃熊熊的炭火。毫無提防的伊俄紐斯掉進陷坑給烘死了。

　　次神們認為這是滔天大罪，拒絕為伊克西翁滌罪。但是宙斯不僅為他滌罪，還把他領來同桌共餐，因為宙斯自己戀愛時表現也很惡劣。

伊克西翁忘恩負義，謀劃勾引赫拉，他認為赫拉會喜歡這樣的機會，可以對宙斯經常發生的不貞行為進行報復。然而，宙斯看透了伊克西翁的用心，把一朵雲彩化為假赫拉。伊克西翁喝得醉醺醺的，沒有發現這是一場騙局，反而高高興興地尋歡作樂。他正高興時，突然宙斯出現在他面前，命令赫耳墨斯無情地鞭笞他，打得他連聲直說："恩人應該受尊敬。"後來，宙斯讓赫耳墨斯把伊克西翁綁在一個火焰熊熊的輪子上，不停地在天上滾動。

六十三　講故事贏來的愛情

波摩娜是一位樹林神女，在愛護花草、培植水果方面沒有人能比得上她。種花養草管理果樹是她惟一的追求、惟一的愛好，維納斯鼓勵的七情六慾她都沒有。但是維爾圖姆努斯愛上了她。一天，他化裝成個老婦人來到她的花園，勸她接受維爾圖姆努斯。她說："你要記住，神祇懲治殘酷的行動，維納斯討厭心腸太硬的人，遲早會來對付這種違背她意願的行為的。為了證明這一點，讓我給你講個故事。

伊菲斯是一位出身卑賤的年輕人。他看到透克的古老世家的一位高貴的小姐安娜克薩瑞忒並且愛上了她。他來到她的大宅前苦苦求婚。他先把他的愛慕之心告訴她的奶媽，求她贊成他的求婚。然後，他努力爭取她的僕人支持他。有時他把他的山盟海誓寫成文字見諸書板；他還常常在她門口懸掛被他淚水濕潤的花環。他匍伏在她家門檻上，對着冷酷無情的插銷門閂傾訴哀怨。她嘲笑他，挖苦他，用冷酷的言語、粗暴的態度對待他，連一絲希望之光都不給他。

伊菲斯忍受不了毫無希望的愛情的折磨。他站在她門前說了最後幾句話：'安娜克薩瑞忒，你勝利了，不必再聽取我的懇求了。享受你的勝利吧！我死了，鐵石心腸的人，歡呼吧！'他說完這番話，轉過蒼白的面頰，透過帶淚的雙眼望着她的大宅。他在通常掛花環的門柱上繫了根繩子。他把頭伸進繩套時喃喃說道：'冷酷的姑娘，這個花環至少能討你的喜歡了。'他倒下來時撞在大門上發出一聲猶如呻吟的響聲。僕人打開大門發現他死了，把他抬回家交給他母親。安娜克薩瑞忒的家正好在送葬隊伍通過的那條街上，送喪的人的哀哀苦泣聲傳到了她的耳中。懷有報仇雪恥之心的神祇早就命定她為懲處的目標。

她走上塔樓，從打開的窗口俯望送葬的儀式。她的眼光剛落到躺在棺柩上的伊菲斯時，雙眼就開始變得僵硬，體內的熱血開始冷卻。漸漸地，她的四肢變得像她的鐵石心腸一樣又冷又硬。你要是不相信的話，這尊石像還存在，就在薩拉密斯的維納斯廟裏，跟這位小姐的真人一模一樣。親愛的，好好考慮這些事情，撇開你的蔑視和遲疑，接受一個情人吧。”

維爾圖姆努斯講完這番話，便丟卻老婦人的偽裝，現出真身 —— 一個英俊的青年。在波摩娜看來，他就像破雲而出的太陽。他本想再來一番請求，但已經無此必要。他的論述和他真實的儀容身材已經贏得了勝利。神女不再拒絕，她承認她心中也燃燒起愛情之火。

六十四　永恆的飢渴

　　坦塔羅斯是宙斯的親密朋友，宙斯接納他來奧林波斯山赴宴，享用神仙的甘露美味。可是好運氣沖昏了他的頭腦。他泄露宙斯的秘密，把神食仙酒偷來請凡人朋友吃喝。這個罪行尚未被發現以前，他犯了一個更為嚴重的罪行。坦塔羅斯邀請奧林波斯諸神到西庇羅斯山赴宴，但他發現家中的食品不夠招待客人。於是，也許是為了檢驗宙斯是否無所不知，也許僅僅是為了表現他的一番好心，總之，他把兒子珀羅普斯剁成碎塊，摻在為神祇烹製的肉湯裏。神祇們幾乎無一例外地都發現木盤上放了人肉，極為嫌惡，避而不食。只有得墨忒耳因失去珀耳塞福涅而魂不守舍，吃了一塊從珀羅普斯左肩上割下來的肉。

　　由於這兩樁罪行，坦塔羅斯受到懲罰。他的王國被毀滅，宙斯親手處決了他，罰他跟伊刻西翁、西緒福斯、提堤俄斯及達那伊得斯姊妹等人一起經受永恆的折磨。坦塔羅斯永遠受着飢渴之苦。他掛在一棵果樹的樹枝上，果樹枝低俯於沼澤地的湖面上。湖水拍打他的腰，有時浪花碰到他的下巴頦；然而，只要他俯首飲水，水即後退，只留下他腳下的一片黑泥；如果他能夠用手捧起一些水，他還來不及喝，水就從指縫間流走，他最多只能濕潤一下乾裂的嘴唇，這使他更為乾渴難熬。果樹上掛滿纍纍的梨子、亮晶晶的蘋果、香甜的無花果、成熟的橄欖和石榴，它們俯垂在他肩膀；但他伸手去採芬芳的水果時，總會颳來一陣風，把果子颳得遠遠的，使他無法採摘。

六十五　盲人先知

　　盲人忒瑞西阿斯是希臘最著名的先知。有人說雅典娜因為他粗心大意看見她在沐浴，便弄瞎了他的雙眼。後來他母親的哀求打動了雅典娜，她從神盾上取下神蛇，發佈命令說：“用你的舌頭舐乾淨忒瑞西阿斯的耳朵，讓他能聽懂預言未來的鳥兒們的語言。”

　　也有人說，忒瑞西阿斯有一天在庫列涅山上看見兩條蛇在交配。兩條蛇都來襲擊他，他用桂杖反擊，打死了雌蛇。他立即變成了女人，成為名噪一時的娼妓。七年以後，他在同一個地點正好又看見兩條蛇交配。這次他打死了雄蛇，重新成為男人。話說一天，赫拉責怪宙斯，歷數他不可計數的不忠實的行為；宙斯辯解說，無論如何，他與她同牀共衾時，赫拉得到的樂趣比他要大得多。他怒氣沖沖地說："在雲雨交歡中，女的當然要比男的獲得不知大多少的歡樂。"

"胡說八道，"赫拉嚷道，"情況跟你說的正好相反，你心裏完全明白。"

於是，他們把忒瑞西阿斯找來，讓他根據親身經歷來判斷他們倆誰是誰非。忒瑞西阿斯回答道："如果雲雨交歡之樂可以分成十份的話，三個三份歸於女子，男人僅得其中一份。"

宙斯得意洋洋的笑容惹得赫拉火冒三丈，她弄瞎了忒瑞西阿斯的眼睛；但是宙斯予以賠償，賦予他未卜先知的內心視力，還賜予他相當於七代人生命的長壽。

六十六　能工巧匠代達羅斯

代達羅斯是個了不起的鐵匠，因為雅典娜曾親自指點他打鐵的本領。

代達羅斯有一名徒弟叫塔洛斯，年方十二就在技藝上超過了師傅。代達羅斯對塔洛斯妒忌得沒法忍受。他把塔洛斯領到雅典娜神廟的屋頂，指給他看遠處的某些景物，然後突然把他一把推下屋檐。他的罪行未能逃脫人們的注意。他在審判尚未舉行之前逃跑了。

代達羅斯在克里特島的克諾索斯避難。國王彌諾斯極為樂意地接納了這位多才多藝的工匠。他在克里特島平安地居住了一段時間，並且享有很高的聲望。後來彌諾斯發現他幫助帕西淮和波塞冬的白公牛交媾，把他和他的兒子伊卡洛斯關進迷宮。但是帕西淮把他們倆放了出來。

然而，逃出克里特島並不容易，因為彌諾斯派兵守衛一切船隻，並懸重金捉拿他。於是代達羅斯給自己做了一對翅膀，給伊卡洛斯又做了一對。他用線把帶羽莖的羽毛縫起來，用蠟把小羽毛黏在一起。他給伊卡洛斯戴上翅膀以後說："我的兒子，你得注意！別飛得太高，免得太陽把蠟融化了；也別俯衝得太低，別讓海水打濕翅膀。"他把自己的翅膀套在胳膊上，他們飛了起來。"緊跟我，"他喊道，"不要自己找路！"

他們取東北方向疾飛離開克里特島。伊卡洛斯違背了父親的指示，高高地朝太陽飛去。過了一會兒，代達羅斯回頭一看，看不到伊卡洛斯，只見身下水波上零亂地漂着一些羽毛。太陽的熱量把蠟融化了，伊卡洛斯墜入海中淹死了。代達羅斯在天空盤旋，等到屍體浮上海面，便把它帶到附近今人稱之為伊卡里亞的小島上埋葬了。

代達羅斯向西飛行。他探訪了西西里島的卡米庫斯，國王科卡羅斯十分殷勤地接待他。他生活在西西里島人中間，享受極大的聲譽，建造了很多美好的建築物。

與此同時，彌諾斯組建了一支龐大的船隊，外出搜尋代達羅斯。他隨身帶了一隻特里同貝殼，到處答應重賞能把一根亞麻線穿過貝殼的人：他知道只有代達羅斯一個人能有辦法解決這個難題。他來到卡米庫斯，把貝殼交給科卡羅斯，請他想辦法把線穿過去。果然，代達羅斯找到了辦法。他把一根遊絲綁在一隻螞蟻身上，又在貝殼尖端鑽了一個小洞，在洞口四邊抹上蜂蜜，引誘螞蟻鑽進螺體的內部。然後，他把亞麻線和遊絲拴在一起，從而把線拽出洞口。科卡羅斯把穿了線的貝殼還給彌諾斯，問他要獎賞。彌諾斯相信他終於找到代達羅斯的藏身場所，要求代達羅斯投降。但是，科卡羅斯的女兒們很不願意失去代達羅斯，因為他給她們做了許多美麗的玩具。她們在他的幫助下想出了一個計謀。代達羅斯在浴室屋頂插了一根管子，乘彌諾斯溫水澡洗得興高采烈的時候，她們從管子裏往下傾注滾燙的開水。科卡羅斯也許也參與了這場陰謀。他把彌諾斯的屍體還給克里特人，説他在一塊小地毯上絆了一跤，跌進一鍋開水裏。

六十七　夜鶯、燕子和戴勝

阿瑞斯的一個兒子特柔斯在一次邊界爭端中為雅典國王潘狄翁作了調停人，從而娶他的女兒普洛克涅為妻，生下一子叫伊堤斯。

不幸的是，特柔斯聽到潘狄翁的小女兒菲羅墨拉説話的嗓音，為之入迷，愛上了她。一年以後，他把普洛克涅藏在他在道里斯的王宮附近的一所鄉村小屋裏，向潘狄翁報告說她死了。潘狄翁向特柔斯表示慰問，大方地把菲羅墨拉許配給他，取代普洛克涅，並派雅典衞隊護送她前來道里斯舉行婚禮。特柔斯殺死衞兵並在菲羅墨拉尚未抵達王宮以前強迫她與他同眠。不久，普洛克涅聽說了這些事情；但為了預防萬一，特柔斯割掉了她的舌頭，把她關在奴隸們居住的地方。她只好在為菲羅墨拉做的新婚嫁衣的圖案上編織進一句秘密的話，從而與菲羅墨拉取得聯繫。信息很簡單："普洛克涅在奴隸之中。"

與此同時，神諭警告特柔斯，伊堤斯將死於血緣親人之手。特柔斯懷疑指他的兄弟德律阿斯會陰謀殘殺以奪取王位，乘他不備用斧子將他砍死。同一天，菲羅墨拉讀到了織在袍子上的口信。她趕到奴隸的房子裏，發現有一個房間上了閂，她破門而入，放出了普洛克涅 —— 她正在房間嘮叨着誰也聽不懂的話語，繞着圈子奔跑。

"啊，真該向特柔斯報仇雪恨！他假裝說你死了，還誘姦了我！"大為震驚的菲羅墨拉哭道。

普洛克涅沒有舌頭，無法作答。她飛步衝出去，抓起兒子伊堤斯，殺死了他，取出內臟，把他在銅鍋裏烘熟，等特柔斯回來以後給他吃。

特柔斯意識到他吃的是兒子的肉時，便抓起殺死德律阿斯的斧子，緊緊追逐逃出王宮的兩姐妹。他很快追上她們，正要犯一刀兩命的殺人罪時，神祇把他們三人都變成了鳥：普洛克涅變成燕子，菲羅墨拉成了夜鶯，特柔斯是戴勝鳥。福克斯人説沒有一隻燕子敢在道里斯或附近地區築窩，沒有夜鶯敢唱歌，因為牠們懼怕特柔斯。燕子沒有舌頭，總是尖聲叫喊，繞圈飛行；戴勝鳥總拍打翅膀追逐燕子，叫着"普？普？"（即"哪兒？哪兒？"之意）。夜鶯飛回雅典，永不停歇地為她無意中致於死地的伊堤斯哀悼，總是唱着"伊堤！伊堤！"。

六十八　征討忒拜

許多王子訪問阿耳戈斯，希望能娶阿德拉斯托斯國王的女兒阿癸亞或得伊皮勒為妻，國王擔心如果他只挑出兩人做女婿會得罪別人而招來強大的敵人，於是請教得爾福神諭。阿波羅的回答是："把在你王宮裏打架的公豬和獅子套在一輛兩輪車上。"

求婚的人中，運氣不大好的有波呂尼刻斯和堤丟斯。波呂尼刻斯和他的孿生兄弟厄忒俄克勒斯在父親俄狄浦斯被逐出忒拜以後，為忒拜人選舉為王，共同治理國家。他們商定輪流執政，但是先上任的厄忒俄克勒斯在年末拒絕放棄王位，反而以波呂尼刻斯稟性惡劣為理由把他逐出忒拜城。卡呂冬國王俄紐斯之子堤丟斯在外出打獵時打死兄弟墨蘭尼波斯。雖然他說這是他一時失手無意中幹的事情，但曾經有人預言墨蘭尼波斯會殺死他。因此，卡呂冬人懷疑他為了防止預言變成事實而殺害兄弟，於是把他驅逐出境。

　　忒拜的標誌是獅子而卡呂冬的標誌是公豬，兩位流亡的求婚人都在盾牌上刻上各自的標誌。那天晚上，在阿德拉斯托斯的王宮裏，兩人爭論有關各自城國的財富和榮耀的問題。如果不是阿德拉斯托斯勸架，使他們言歸於好的話，他們可能彼此殘殺。阿德拉斯托斯想起神諭，便把阿癸亞嫁給波呂尼刻斯，又把得伊皮勒許配給堤丟斯，並且答應幫助兩位王子收復王國，但他說他將先攻忒拜，因為忒拜城更近一些。

　　征討大軍出發了，不久到達了喀泰戎。阿德拉斯托斯派堤丟斯為信使去見忒拜人，要求厄忒俄克勒斯把王位讓

給波呂尼刻斯。這一要求遭到拒絕以後，堤丟斯便向忒拜
將領發出挑戰，要求他們一個個前來單獨應戰，每次交
戰，堤丟斯總是大獲全勝，於是，忒拜人不敢再與他交
鋒。阿德拉斯托斯的軍隊迫近城牆，在七扇城門外，七個
將領各自就位。

　　忒拜人在一次偷襲中被打敗，撤回了城內；但是阿德
拉斯托斯的一名將領剛把雲梯靠在牆上開始往上爬時，宙
斯就用霹靂把他打死了。忒拜人因而勇氣大振，英勇突
圍，又打死了三名將領；堤丟斯也給打死了。

　　大軍的將領只剩下波呂尼刻斯、安菲阿拉俄斯和阿德
拉斯托斯了。為了避免更多的殺傷，波呂尼刻斯提出由他
跟厄忒俄克勒斯單獨交鋒來決定王位繼承問題。厄忒俄克
勒斯接受挑戰，激戰中雙方都給對方以致命的重傷。他們
的叔父克瑞翁接管忒拜軍隊，指揮他們大敗沮喪的阿德拉
斯托斯軍旅。安菲阿拉俄斯駕車沿伊斯墨諾斯河岸奔逃。
一位忒拜追趕者正要刺穿他兩肩中間的後背時，宙斯用雷
霆把大地一劈為二，他連車帶人一起消失了。他現在還活
着，在統治死人。

　　看到大勢已去，阿德拉斯托斯騎上飛馬阿里翁逃跑
了。後來他聽說克瑞翁不准人埋葬戰死的敵人，便以乞求

人身份拜訪雅典，遊說忒修斯遠征忒拜，懲處克瑞翁的不敬神的行為。忒修斯以一個突襲攻下城市，把克瑞翁關進監獄，把死去將帥的屍體歸還他們各自的親人。

六十九　兄弟鬩牆

　　阿特柔斯曾經發誓要把他羊羣中最好的羊獻給阿耳忒彌斯；赫耳墨斯急於為密耳提羅斯之死向珀羅普斯家人報仇。他向老朋友山羊潘請教，後者使一頭有一撮金羊毛的帶角的羊出現在珀羅普斯留給兒子阿特柔斯和堤厄斯忒斯的羊羣裏。赫耳墨斯預見到阿特柔斯會把這隻羊佔為己有；而且，由於他不情願把阿耳忒彌斯應有的榮譽獻給她，他將捲入跟堤厄斯忒斯的兄弟殘殺之中。阿特柔斯還是信守誓言的，至少做到了一部分，他把羊肉獻祭女神，但把羊皮剝製填塞以後，鎖在箱子裏。他對這件栩栩如生的寶貝驕傲極了，忍不住在市場裏大肆吹噓。堤厄斯忒斯對此很是妒忌；適巧阿特柔斯新娶的妻子埃洛珀對堤厄斯忒斯產生了好感，十分愛慕，他便說，如果她把這隻羊給他的話，他就作她的情人。

　　阿特柔斯聲稱，因為他是長子，又擁有這隻羊，他應該獲得邁錫尼王國的王位。於是一名信使召集邁錫尼人民來歡呼迎接新國王。但是堤厄斯忒斯突然站起來指責阿特柔斯是個過於自負的吹牛大王。他把地方長官們領到他家，拿出那頭羊給他們看，證明自己的所有權，於是人們宣佈他是邁錫尼王國的合法國王。

　　然而宙斯偏愛阿特柔斯，派赫耳墨斯去對他說：“把堤厄斯忒斯叫來，問他如果太陽背着日軌行進，他是否肯把王位讓給你？”阿特柔斯遵命照辦，堤厄斯忒斯同意如果真的出現這樣的凶兆的話就讓位。於是宙斯顛倒了自然的法則，太陽第一次也是最後一次在東方落山。堤厄斯忒斯的騙局與貪心就此大白於天下。阿特柔斯登基成為邁錫尼國王，把堤厄斯忒斯驅逐出境。

　　後來，阿特柔斯發現堤厄斯忒斯與埃洛珀通姦，他氣得怒火沖天，難以自持。

　　阿特柔斯派使者去把堤厄斯忒斯引誘回邁錫尼，答應給他大赦，並且分給他一半的王國。但堤厄斯忒斯剛剛接受這些條件，阿特柔斯就殺死他的三個兒子，把在鍋裏煮熟的、精選的他兒子們的肉塊放在堤厄斯忒斯的面前，歡迎他歸來。堤厄斯特斯吃得高興時，阿特柔斯把他兒子們鮮血淋漓的腦袋及手腳放在另一個盤子裏，讓他知道他吃下肚裏的東西是甚麼。堤厄斯特斯向後一倒，嘔吐起來；他向阿特柔斯的子孫作了必然實現的詛咒。

七十　子報父仇

堤厄斯忒斯逃到緒庫恩的忒斯普羅托斯國王那兒。他的女兒珀羅庇亞在國王手下當女祭司。他決心不惜一切代價報仇雪恨。他請教過得爾福神諭，得到的指示是跟親生女兒生一個兒子。晚上，堤厄斯忒斯發現珀羅庇亞在向雅典娜獻祭。他不想褻瀆敬神儀式，便躲在鄰近的樹叢裏。過了一會兒，珀羅庇亞正引導着莊嚴的祭舞時滑了一跤，倒在從犧牲品黑羊脖子裏流出來的一灘血裏，給弄髒了外衣。她馬上跑到寺廟的魚塘邊，脫去外衣，清洗血跡。這時，堤厄斯忒斯從樹叢裏躥出來姦污了她。珀羅庇亞沒有認出是他，因為他戴着面具，但她設法偷了他的劍，拿回去藏在雅典娜神像座下；堤厄斯忒斯發現劍鞘空了，擔心被人發現，便逃到祖先的老家呂堤亞。

　　與此同時，阿特柔斯擔心他的罪行會給他帶來報應，也去請教得爾福神諭。神諭說："把堤厄斯忒斯從緒庫恩叫回來！"他趕到緒庫恩，但為時已晚，沒有見到堤厄斯忒斯。他愛上了珀羅庇亞，以為她是忒斯普羅托斯國王的女兒，請求國王准他娶她為第三房妻子——他早已處死了通姦的埃洛珀。忒斯普羅托斯沒有說明真相，因為他急於與這位強大的國王結成聯盟，並且希望同時為珀羅庇亞做件好事。於是婚禮立即進行。過了一段時間，她生下了堤厄斯忒斯使她懷上的兒子。阿特柔斯相信這孩子——埃癸斯托斯——是他的親生兒子，把他當王位繼承人來撫養。

　　此後，邁錫尼王國連年歉收，阿特柔斯便派遣阿伽門農和墨涅拉俄斯去得爾福打聽堤厄斯忒斯的消息。他們在他請示神諭歸來的途中碰巧見到他，便把他強行帶回邁錫尼。阿特柔斯把他關進監獄，命令年方七歲的埃癸斯托斯趁他熟睡時殺死他。

　　堤厄斯忒斯突然驚醒，發現埃癸斯托斯手持寶劍站在他身邊。他機警地向男孩手腕踢去，解除了男孩的武裝。他跳向前去拾寶劍，發現原來是他多年前在緒庫恩丟失的那一把！他一把抓住埃癸斯托斯，大聲問道："馬上告訴我這把劍怎麼到你手裏的？"埃癸斯托斯結結巴巴地說：
"我母親珀羅庇亞給我的。""孩子，如果你執行我的三個
命令的話，"堤厄斯忒斯說，"我就饒了你的命。""我是
你的僕人，一定聽命。"埃癸斯托斯哭着說。堤厄斯忒斯
告訴他："我的第一個命令是把你母親領到這兒來。"

於是埃癸斯托斯把珀羅庇亞帶進地牢，她認出堤厄
斯忒斯，伏在他肩上哭了起來。"女兒，你哪兒來的這把
寶劍？"堤厄斯忒斯問道。她回答說："有天晚上，在緒
庫恩有個無名的陌生人強姦了我，我從他劍鞘裏拔出來
的。""這是我的。"堤厄斯忒斯說。珀羅庇亞不勝驚恐，
奪過寶劍，刺進胸膛。"現在把這把劍拿去給阿特柔斯，"
堤厄斯忒斯發出第二道命令，"告訴他你已經完成了使
命。說完了就回來！"埃癸斯托斯一聲不吭，拿了血淋淋
的寶劍去見阿特柔斯，這使他以為他終於消滅了堤厄斯忒
斯，高高興興地去海邊給宙斯獻祭，表示感謝。

埃癸斯托斯回到地牢，堤厄斯忒斯向他表明身份：自
己才是他的父親。接着他發出第三道命令："埃癸斯托斯，
我的兒子，去把阿特柔斯殺死吧。這一次，你不得手軟
遲疑！"埃癸斯托斯奉命照辦，堤厄斯忒斯再度在邁錫尼
稱王。

七十一 夫歸來兮害殺之

　　斯巴達國王廷達瑞俄斯幫助阿伽門農和墨涅拉俄斯收復了他們的家產。他進軍邁錫尼，迫使在赫拉神壇避難的堤厄斯忒斯發誓，要他將王位讓給阿特柔斯的繼承人阿伽門農，自己外出流亡永不復歸。

　　阿伽門農登位後首先同比薩國王坦塔羅斯作戰，在戰場上殺死了他並強行娶了他的寡婦——勒達跟斯巴達王廷達瑞俄斯的女兒克呂泰涅斯特拉。

　　克呂泰涅斯特拉為阿伽門農生了一個兒子——俄瑞斯忒斯和三個女兒——厄勒克特拉、伊菲革涅亞及克律索忒彌斯。

　　特洛伊國王普里阿摩斯的兒子帕里斯擄走海倫，挑起特洛伊戰爭以後，阿伽門農和墨涅拉俄斯都離家外出達十年之久。但埃癸斯托斯沒有參加遠征，他要留在阿耳戈斯對阿特柔斯家族尋釁報仇。他計劃不僅要做克呂泰涅斯特拉的情夫，而且要在她的幫助下，等特洛亞戰爭一結束就殺死阿伽門農。

克呂泰涅斯特拉對阿伽門農沒有甚麼愛戀之情。他殺死她的前夫坦塔羅斯，用強力娶她為妻，又同意在奧利斯把伊菲革涅亞作祭品敬神。而且，聽說還要把普里阿摩斯的女兒、預言家卡珊德拉帶回家，做雖無名分卻實實在在的妻子。這一點使克呂泰涅斯特拉最難接受。

克呂泰涅斯特拉於是和埃癸斯托斯共同策劃殺害阿伽門農與卡珊德拉。她擔心他們會突然歸來，便寫信給阿伽門農，請他在特洛伊城淪陷時在伊達山上點起一堆火。她親自安排了一系列的火點把他的信號傳回邁錫尼。終於，一個漆黑的黑夜，王宮屋頂上的守望者看到了遠處送信的火光，他跑去叫醒克呂泰涅斯特拉。

克呂泰涅斯特拉表面上一副喜出望外的樣子，歡迎久經風霜遠道歸來的丈夫，為他鋪上紫紅色的地毯，領他走進女奴們準備了熱騰騰的洗澡水的澡房。但是卡珊德拉受到預兆的感應，拒絕進屋，高聲訴說：她聞到血腥味，堤厄斯忒斯的詛咒籠罩着飯廳。阿伽門農洗完澡，一腳跨出澡盆，急於去吃已經上桌的豐富的宴席。此時，克呂泰涅斯特拉走上前來，彷彿要給他披條浴巾，實際上卻用一件她親手織的、既無領子又無袖子的長袍網罩在他的腦袋上。阿伽門農猶如網中之魚，埃癸斯托斯用雙刃寶劍連刺他兩下，就此奪去他的性命。阿伽門農向後倒進了澡盆，克呂泰涅斯特拉用斧子砍下他的腦袋以泄怨恨。

七十二　俄瑞斯忒斯復仇記

　　陰謀家們打算把阿伽門農的兒子俄瑞斯忒斯也殺死。他此時還是個孩子，不足以令人擔心，但是，如果讓他長大的話，他可能成為危險人物。俄瑞斯忒斯的姐姐厄勒克特拉偷偷地把他送到他叔叔福喀斯國的斯特洛菲俄斯國王那兒，救他免於一死。在斯特洛菲俄斯的王宮裏，俄瑞斯忒斯跟國王的兒子皮拉得斯一起長大，跟他建立了真摯熱情的友情。厄勒克特拉不時派使者去見她弟弟，提醒他不忘報父親慘死之仇。俄瑞斯忒斯長大以後，請示得爾福神諭，神諭肯定了他的復仇計劃。於是，他化裝前去阿耳戈斯，聲稱自己是斯特洛菲俄斯國王的使者，專程前來報告俄瑞斯忒斯的死訊，並隨身帶來死者的骨灰甕。他遵守古代的禮儀，給父親上墳祭祀，向姐姐吐露真情及真實身份，隨後殺死了埃癸斯忒斯和克呂泰涅斯特拉。

然而，復仇女神歐墨尼得斯襲擊俄瑞斯忒斯，趕得他瘋狂地從一個國家逃到另一個國家。在他飄泊流落的日子裏，皮拉得斯到處陪伴他、照料他。最後，他再度向神諭呼籲，神諭指點他去陶里斯取一尊據傳是從天上掉下來的狄安娜的神像。於是，俄瑞斯忒斯和皮拉得斯前去陶里斯。當地野蠻的居民習慣於殺死落入他們手中的外鄉人，用以祭奉女神。兩位朋友被抓住，被捆綁起來送到神廟，準備作犧牲品。可是狄安娜的女祭司恰巧就是伊菲革涅亞，俄瑞斯忒斯的姐姐。當年她正要被送上神壇殺死時，狄安娜把她搶走了。伊菲革涅亞查明兩位囚犯的身份後，便向他們表明自己的真實姓名。於是，他們三人偷走女神神像，逃回邁錫尼。

七十三　赫拉克勒斯的誕生

赫拉克勒斯是宙斯與安菲特律翁國王的妻子阿爾克墨涅所生的兒子。阿爾克墨涅跟宙斯以往的凡人情人不同，宙斯選中她不是為了尋歡作樂，而是着眼於生一個強大無比的兒子，以保護神與人免於毀滅。阿爾克墨涅是宙斯同牀共席的最後一個凡人女子。宙斯十分尊重她，不是用強力佔有她，而是花了一番心血化裝成安菲特律翁，用溫柔的言語和愛撫贏得她的歡心。

九個月以後，宙斯無意中誇口說，他快當父親了，有個兒子即將出生，將被取名為赫拉克勒斯，並將統治高貴的珀耳修斯家族。赫拉馬上使他答應珀耳修斯家族在天黑以前生下的任何王子將是至高無上的國王。宙斯同意了，並且立下永不反悔的誓言。於是赫拉立即趕到邁錫尼，加速斯忒涅羅斯國王的妻子尼喀珀的陣痛。接着她又急急忙忙來到忒拜，阻攔赫拉克勒斯的出生。斯忒涅羅斯的兒子歐律斯透斯（他母親懷胎剛七個月）出世以後一個小時，赫拉克勒斯才來到世間。他還有一個攣生兄弟叫伊菲克勒斯，他是安菲特律翁的兒子，比赫拉克勒斯小一天。

赫拉回到奧林波斯山，很冷靜地吹噓她如何成功地不讓分娩女神進阿爾克墨涅的房門，宙斯勃然大怒。他無法反悔，不能讓赫拉克勒斯統治珀耳修斯家族，但他說服赫拉，使她同意讓他的兒子在完成歐律斯透斯交給他的任何十二項任務以後變成神。

阿爾克墨涅害怕赫拉會妒心大發，便把新生嬰兒拋棄在忒拜城牆外的田野裏。雅典娜在宙斯指使下把赫拉帶到這裏隨便散步。"瞧，親愛的！一個多麼健壯可愛的孩子啊！"雅典娜佯裝驚訝，俯身抱起孩子，"他母親一定發瘋了，把他扔在石頭地裏！哎，你有奶，給可憐的小傢伙吃兩口吧！"赫拉未加思索，接過赫拉克勒斯，敞開胸脯，可他吮得十分有勁，疼得赫拉把他扔在地上。這時，一股奶水飛過天際，變成了銀河。赫拉克勒斯現在變得長生不老了。雅典娜笑眯眯地把他交還給阿爾克墨涅，叫她小心看護他，好好把他帶大。

七十四　赫拉克勒斯發瘋

赫拉對赫拉克勒斯的成就不勝惱怒，便把他逼瘋了。他首先襲擊他心愛的姪子伊俄拉俄斯 —— 伊菲克勒斯的大兒子 —— 但對方設法躲過了他刀槍的刺戳。接着，他把自己的六個孩子誤認為是敵人，用箭把他們一一射倒，並把他們連同伊菲克勒斯的另外兩個孩子一起扔到火裏去。

赫拉克勒斯神志清醒以後，把自己關在一間黑屋子裏，獨自呆了好幾天，避免和一切人來往。然後他去得爾福請教神諭他該如何行事。女祭司建議他為歐律斯透斯服役十二年，完成可能交給他的十二項任務，大功告成以後，他的報酬是長生不老。赫拉克勒斯聽説以後，陷入深深的絕望之中，他實在討厭去為一個他明知遠遠比不上他的人服役，但他又不敢違背父親宙斯的旨意。在他極端痛苦的時刻，很多朋友都來安慰他。終於，過了一段時間，他的痛苦因時光流逝而略為減輕時，他向歐律斯透斯報到並聽候吩咐。

歐律斯透斯命令赫拉克勒斯進行的第一項勞動是殺死涅墨亞獅子並剝下它的皮毛。這頭獅子巨大無比，而且牠的皮毛刀槍不入，鐵、石、青銅武器都傷害不了牠。

赫拉克勒斯在中午時分來到涅墨亞，過不多久便看到獅子回穴來，由於一天的屠殺，牠渾身濺滿血污。赫拉克勒斯向獅子射出一連串的箭，但它們都在擊中牠的厚皮後反彈了回來，沒傷牠一根毫毛。接着他用劍砍牠，但劍像鉛一樣反而彎了過來。最後他舉起大棒，朝獅子口鼻部狠命一擊，獅子晃晃腦袋走進牠有兩個出口的洞穴 —— 然而，這並非由於疼痛，而是因為牠的耳朵給震得嗡嗡響。於是，赫拉克勒斯把網套在一個洞口，從另一個洞口走了進去。他現在明白任何武器都無法傷害這頭野獸，便跟牠搏鬥起來。他把獅子的腦袋挾在腋下，使勁地擠壓，終於把牠扼死。

赫拉克勒斯把死獅子扛到邁錫尼。歐律斯透斯又驚又怕，不准他進城來，命令他從此以後把他的勞動成果放在城門外。

赫拉克勒斯一時不知如何剝去獅皮。後來，他靈機一動，想到使用獅子快如刀刃的利爪。沒過多久，他就披上了刀箭不入的獅皮做的鎧甲，並把獅子的頭皮做成了頭盔。

七十五　斬水蛇，掃馬廄

歐律斯透斯命令赫拉克勒斯執行的第二項任務是斬殺勒耳那水蛇許德拉。

許德拉一度在勒耳那肥沃而神聖的土地上實行恐怖統治。牠在阿密摩涅河七重源頭的梧桐樹下做洞穴，並經常出沒鄰近深不見底的勒耳那泥潭。許德拉有一個巨大無比、犬狗似的身體和八九個蛇一般的腦袋，其中之一長生不死。

赫拉克勒斯坐着由伊俄拉俄斯駕馭的車輛來到勒耳那。他先向許德拉射燃燒的火箭迫使牠出洞穴，然後屏住呼吸把牠抓住。他用大棒打牠的腦袋，但不見功效，他剛打掉一個腦袋，從打掉的地方馬上便出生兩三個新腦袋。他大聲呼喊伊俄拉俄斯前來幫忙。伊俄拉俄斯放火燒着樹叢的一角，用燃燒的樹枝燒焦被斬去蛇頭的脖根，阻止許德拉再長出新的腦袋。

接着，赫拉克勒斯用寶劍斬下那永生不死的腦袋，把它埋在路邊一塊巨石下面。

赫拉克勒斯的另一項業績是在一天之內清掃奧革阿斯骯髒不堪的馬廄。厄利斯國王奧革阿斯是天下擁有最多羊羣和牛馬的人。但是他的牲口場和羊欄裏的糞多年沒有清掃過。雖然臭氣對畜牲們毫無影響，但卻使整個伯羅奔尼撒半島瘟疫蔓延。

赫拉克勒斯先把牲口廄房的牆打開兩個缺口，然後使鄰近的阿爾甫斯河與珀紐斯河改變流向，使河水沖過廄房，沖刷乾淨廄房，並繼續前進沖刷羊圈和山谷牧場。赫拉克勒斯於是在一天之內完成這項勞動，使大地恢復生氣，而他自己連個小手指頭都沒有弄髒。

七十六　驅怪鳥，擒公牛

　　赫拉克勒斯的第六項業績是驅趕無數飛到斯廷法利斯沼澤的銅嘴、銅爪、銅翼的食人鳥。牠們是阿瑞斯的聖鳥。牠們在斯廷法利斯沼澤的同名湖泊邊上繁殖並涉水戲耍，偶而成羣結隊地飛上天空，撒下一陣銅羽毛殺害人與牲畜，同時排泄有毒的糞便使莊稼枯萎。

　　赫拉克勒斯來到沼澤地，發現他無法用弓箭驅趕怪鳥，因為牠們實在為數甚多。此外，沼澤地既不結實得能使人在上面行走，又不是汪洋遍地，可以行舟。赫拉克勒斯正站在岸邊猶疑不決的時候，雅典娜給他一副赫淮斯托斯製作的銅響板。赫拉克勒斯站在俯視沼澤地的庫爾勒涅山的懸崖上敲起響板，製造一陣陣喧鬧聲，驚得怪鳥一起飛了起來，因恐懼而胡亂飛舞。牠們向黑海的阿瑞斯島飛去時，赫拉克勒斯用箭射下了許多隻怪鳥。

　　歐律斯透斯又命令赫拉克勒斯去捕捉克里特公牛。當時公牛正在騷擾克里特島，把莊稼連根拔起，把果園圍牆夷為平地。

赫拉克勒斯渡海來到克里特島，彌諾斯表示願意盡一切可能幫助他。但他寧願單槍匹馬捕捉公牛，儘管牠會噴灼人的火焰。經過很久的搏鬥，他把這頭猛獸帶回邁錫尼。歐律斯透斯把公牛獻給赫拉，並且把牠放了。然而赫拉討厭這件抬高赫拉克勒斯榮譽的禮物，把公牛先是趕到斯巴達，以後又哄到阿提刻馬拉松。後來，忒修斯就是在那兒抓住公牛，拖到雅典作犧牲獻祭給雅典娜的。

七十七　赫斯珀里得斯姊妹的蘋果

赫拉克勒斯在八年零一個月期間完成了十項業績。第十一項勞動是從大地母親送給赫拉作結婚禮物的金蘋果樹上摘採蘋果。赫拉十分喜愛這棵金蘋果樹，把它種在自己的御花園裏。她委託阿特拉斯的女兒赫斯珀里得斯姊妹照料蘋果樹。有一天，她發現她們偷盜蘋果。於是她便派永遠保持警惕的巨龍拉冬盤繞在樹上作守衛。

赫拉克勒斯不知道赫斯珀里得斯姊妹負責的花園在甚麼方向。他行軍到波河 —— 明智的海神涅柔斯的家鄉。

當赫拉克勒斯終於抵達波河時，河泊神女指給他看熟睡的涅柔斯。他一把抓住老海神，不管他如何千變萬化，化成各種不同的形狀，赫拉克勒斯始終抓住他不放手，迫使老人預言他怎樣才能把金蘋果弄到手。

涅柔斯建議赫拉克勒斯不要親自去摘蘋果，而是利用阿特拉斯代辦，與此同時解除他那沉重得教人難以相信的負擔。因此，赫拉克勒斯到達赫斯珀里得斯姊妹的花園以後，便請阿特拉斯幫忙。阿特拉斯為了獲得一時的休息，幾乎甚麼任務都願意執行，但是他懼怕拉冬。於是，赫拉克勒斯一箭射過花園圍牆，射死了巨龍。赫拉克勒斯接着彎下腰，承受天體的重負，阿特拉斯便走掉了。他回來時拿了三個他女兒摘的蘋果。他發現自由的感覺令人心神蕩漾。他說：「如果你再支撐天體幾個月，我一定萬無一失地把這些蘋果送到歐律斯透斯的手中。」赫拉克勒斯假裝同意，但懇求阿特拉斯再扛天體一會兒，讓他在頭上放塊襯墊。阿特拉斯輕信了他，把蘋果放在地上，重新背負天體。赫拉克勒斯拾起蘋果，用嘲笑的語氣說了聲再見，便走掉了。

七十八　捕捉刻耳柏洛斯

　　赫拉克勒斯最後一項也是最艱難的一項勞動是去塔耳塔洛斯把冥國的看門狗刻耳柏洛斯抓來。他在雅典娜和赫耳墨斯的指引下下到塔耳塔洛斯。喀戎沒有表示任何異議，便把他載渡過了斯堤克斯河。赫拉克勒斯離船登岸時，鬼魂們四下逃跑，只有墨勒阿革和戈耳工墨杜薩站在原地。赫拉克勒斯一見墨杜薩，便拔出寶劍，但赫耳墨斯叫他放心，説她不過是幽靈而已。他用箭瞄準身穿閃閃發光的鎧甲的墨勒阿革時，後者哈哈大笑。"你對死者不必有任何懼怕。"墨勒阿革説。他們聊了一會見，談得頗為投機，最後赫拉克勒斯提出要娶墨勒阿革的姊妹得伊阿尼拉為妻。

　　赫拉克勒斯走近塔耳塔洛斯城門時，發現他的朋友忒修斯和珀里托俄斯被綁在施酷刑的椅子上，便使勁把忒修斯拽了出來，使他得到自由，但他不得不把珀里托俄斯留在身後。赫拉克勒斯還推開得墨忒耳禁閉阿斯卡拉福的巨石。接着，為了用熱血作禮物酬謝鬼魂們，他殺死了一頭哈得斯的牲口。放牧人墨諾提俄斯向他提出挑戰，以角力來決雌雄，但被他抓住中腰，捏斷了好幾根肋骨。此時，珀耳塞福涅從宮內走出來，像對待兄弟一樣接待赫拉克勒斯，她從中加以調停，求他饒墨諾提俄斯一命。

赫拉克勒斯提出要刻耳柏洛斯時，站在妻子身邊的哈得斯冷冷地說：「如果你能不用棍棒和弓箭就把牠制服，牠就歸你所有。」赫拉克勒斯發現這條狗被用鎖鏈綁在阿刻戎的大門口。他果斷地走上前去抓住牠的頭頸 —— 頭頸上長了三個腦袋，每個腦袋都以蛇為鬃鬣。帶倒刺的尾巴豎起來要打他，但是赫拉克勒斯在刀槍不入的獅皮的保護下緊抓不放。終於，刻耳柏洛斯透不過氣來，只好投降。

赫拉克勒斯把刻耳柏洛斯帶到邁錫尼時，歐律斯透斯正殺牲祭神。他遞給赫拉克勒斯一塊給奴隸吃的肉，把最好的肉留給自己的親人。赫拉克勒斯理所當然十分生氣，殺死了歐律斯透斯的三個兒子來表示抗議。

七十九　赫拉克勒斯賣身為奴

　　赫拉克勒斯完成十二項勞動回到忒拜城以後，他把已經三十二歲的妻子墨伽拉嫁給他的姪子和馭手，年方十六的伊俄拉俄斯，藉口是他與她的結合並不吉利。他接着尋找一位更年輕、更有福氣的妻子。他聽說他的朋友俄卡利亞國王歐律托斯提出要把女兒伊俄勒嫁給同他和他的四個兒子比賽射箭獲勝的射手；於是他便出發去歐律托斯那裏。阿波羅曾送給歐律托斯一張好弓，並親手教他如何使用弓箭，現在他吹噓說他在弓術上超過了阿波羅。但是，赫拉克勒斯毫不費力地在比賽中取勝。這個結果使歐律托斯大為不快。後來他聽說赫拉克勒斯殺死了墨伽拉的孩子以後又把她拋棄了，便拒絕把伊俄勒嫁給他。他把赫拉克勒斯趕出宮殿。

　　歐律托斯的三個兒子都支持父親不誠實的藉口。只有叫伊菲托斯的大兒子認為應該按公道辦事，把伊俄勒嫁給赫拉克勒斯。不久以後，優比亞島丟失了十二匹母馬和十二頭騾駒，伊菲托斯還是不相信牠們是赫拉克勒斯偷的。其實是著名竊賊奧托呂科斯偷了馬和騾駒，用魔術改變了牠們的外貌，把牠們當成自己的牲口，賣給不加猜疑的赫拉克勒斯。伊菲托斯順着馬騾的蹤跡跟蹤，發現牠們朝堤倫斯方向走去，不由懷疑確實是赫拉克勒斯偷了牲口以報復歐律托斯對他的侮辱。這時，他突然迎面遇上剛搶救了阿爾刻斯提斯歸來的赫拉克勒斯。他沒有流露他的猜疑，只是將丟馬一事請教赫拉克勒斯，讓他出點主意。赫拉克勒斯答應説，如果伊菲托斯肯做他的客人的話，他便去幫他尋找。但是，他察覺到對方懷疑他是竊賊。他盛宴款待伊菲托斯以後，領他到堤倫斯最高的塔頂上。"四下看看，"他提出要求説，"告訴我你有沒有看到你的馬在吃草。""我沒有看見。"伊菲托斯承認道。"那你錯了，你為甚麼要在心裏懷疑我是賊！"赫拉克勒斯怒不可遏，高聲咆哮着把伊菲托斯摔死在地。

　　赫拉克勒斯為惡夢騷擾，不勝痛苦。他去請示得爾福神諭他怎樣才能擺脱惡夢。女祭司克諾刻利亞預言如下："要擺脱你的痛苦，你必須賣身為奴整整一年，你賣身得來的錢必須交給伊菲托斯的子女。宙斯對你十分生氣，因為你違背了款待客人的法則。"赫拉克勒斯恭順地問道："我將做誰的奴隸？""呂狄亞女王翁法勒將買你為奴隸。"克諾刻利亞回答道。"我服從神諭。"赫拉克勒斯説。

八十　赫拉克勒斯之死

　　很多求婚者來到俄紐斯的王宮，要求娶可愛的得伊阿尼拉為妻；但當他們發現他們的競爭對手是赫拉克勒斯和河神阿刻羅俄斯時，都主動放棄，要求退出競爭。世人皆知永生的阿刻羅俄斯以三種化身出現，那就是公牛、花斑蛇和牛首人。得伊阿尼拉寧死也不肯嫁給他。

　　俄紐斯把赫拉克勒斯召來，讓他申訴求婚的理由，赫拉克勒斯誇口說，如果他與得伊阿尼拉結婚的話，她不僅可以有宙斯做公公，而且可以享受他的十二項勞動業績所帶來的榮耀。

　　赫拉克勒斯和得伊阿尼拉結婚三年後，在一次宴會上對俄紐斯的一位年輕親戚發起火來。這位年輕人奉命往赫拉克勒斯手上倒水，但他笨手笨腳地把水濺在赫拉克勒斯的腿上。赫拉克勒斯一巴掌向年輕人的耳朵打去，無意中下手重了一些，把他弄死了。赫拉克勒斯雖然得到原諒，還是決定接受應受的流亡他鄉的懲罰。他和得伊阿尼拉及兒子許羅斯出發前往安菲特律翁的姪子刻宇克斯的家鄉特拉喀斯城。他們來到歐文努斯河，馬人涅索斯提出願意背得伊阿尼拉過河，赫拉克勒斯則游泳過去。赫拉克勒斯同意了，他把大棒和弓箭扔過河以後就縱身跳入河內。然而涅索斯抱起得伊阿尼拉，向相反的方向飛奔。接着他把她扔在地上，企圖姦污她。得伊阿尼拉高聲呼救，赫拉克勒斯趕忙撿起弓箭，仔細瞄準，從半里外一箭射中涅索斯的胸膛。

涅索斯一邊把箭拔出來，一邊告訴得伊阿尼拉：收集一些他的血並且保存起來，因為它可以用作魔藥來保持她丈夫的愛情。得伊阿尼拉照涅索斯説的話去做了。沒過多久，她認為她有機會使用這魔藥了。

一天，赫拉克勒斯準備殺生供奉宙斯，感謝他護佑他攻下俄卡利亞國並俘虜歐律托斯的女兒伊俄勒。他派人去找得伊阿尼拉，要一件他在祭祀時常穿的好襯衣。得伊阿尼拉決定用涅索斯所謂的愛情魔藥來保持她丈夫的愛情。她偷偷地打開罐子，用團羊毛沾上血，往他襯衣上擦。

赫拉克勒斯穿上了襯衣。當他正從聖壇上的一個碗裏倒酒並向聖火扔乳香時，忽然彷彿被蛇咬了似的狂喊一聲。原來熱氣熔化了涅索斯血中的毒藥，它流遍赫拉克勒斯的全身，腐蝕他的肌肉。他試圖扯掉襯衣，但襯衣緊沾在他身上，他把肉都撕掉了，骨頭都露了出來。赫拉克勒斯痛苦難忍，召來許羅斯，要求把他抬走，讓他獨自死去。許羅斯把他送到奧埃托山的最高山峰上，並且用橡樹枝堆起一個火葬柴堆。火焰開始吞沒柴堆時，赫拉克勒斯把獅皮鋪在山頂火葬台上，以大棒為枕頭，躺了下來。他看上去像一個頭戴花環、身邊簇擁着酒杯的貴客一樣心滿意足。接着，天打霹靂，火葬柴堆立即化為灰燼。

八十一　赫拉克勒斯晉身成神

宙斯在奧林波斯山上十分慶幸自己心愛的兒子表現得如此高尚。他宣佈說：＂我不久將歡迎赫拉克勒斯來我們這塊幸福樂土。如果這兒有人對他變為神不高興的話，這位大神或女神，不管願意不願意，都得表示贊成。＂

所有的奧林波斯大神都表示同意，連赫拉也只好忍受那很明顯是針對她的侮辱。

霹靂熔化了赫拉克勒斯身上凡人的部分。他不再有任何與阿爾克墨涅相似的地方，而是變得跟他神聖的父親一樣威風凜凜。一團烏雲裹住他並擋住他夥伴的視線，宙斯在一連串的雷聲之中用四匹馬拉的馬車把他接到天上，雅典娜牽着他的手，把他鄭重其事地介紹給她的神祇夥伴們。

宙斯決定讓赫拉克勒斯做奧林波斯山十二大神中的一位，但他極不願意趕走既有的神祇中的任何一個。於是，他說服赫拉來一次分娩儀式，收赫拉克勒斯為兒子——讓她躺到牀上，假裝產前陣痛，然後從裙子下面把赫拉克勒斯掏出來。從此，赫拉把赫拉克勒斯看成是親生兒子，除了宙斯以外，她最愛的就是他。所有的不朽的神祇都歡迎赫拉克勒斯，赫拉還把美貌的女兒赫柏許配給他當妻子。

赫拉克勒斯當了天國的挑夫。他最樂意做的事情是在夜幕降臨時站在奧林波斯山大門口，等候阿耳忒彌斯狩獵歸來。他高高興興地跟她打招呼，從她的車子上搬下一堆堆獵物。如果他發現她打死的只是無害於人的羊和兔子時，他就會皺起眉頭，用手指指點點表示不贊成。然而，當永生不死的赫拉克勒斯在神祇的桌子旁赴宴用餐時，他的凡人的幽靈卻在冥國塔耳塔洛斯的死者中昂首闊步。他一手挽弓，一手把箭搭在弓弦上，肩上斜披着一條飾帶，上面織有獅、熊、野豬及戰鬥和屠殺的場面，令人望而生畏。

八十二 引起不和的蘋果

　　彌涅耳瓦是智慧女神，但她在一個場合下幹了一件十分愚蠢的事情：她跟朱諾和維納斯進行比賽，競爭美女獎。事情的經過是這樣的：珀琉斯和忒提斯舉行婚禮時邀請了所有的神祇，只有紛爭女神厄里斯未在被邀者之列。這位女神對此大為惱火，便在賓客中扔下一個刻有"獻給最美麗的女神"字樣的金蘋果。於是，朱諾、維納斯和彌涅耳瓦都認為自己該得到這蘋果。朱庇特不願意裁決如此微妙的問題，便把女神們派到美男子牧羊人帕里斯放牧羣羊的伊得山，讓帕里斯作出決定。於是女神們來到帕里斯跟前。朱諾答應給他權力與財富，彌涅耳瓦答應賦予他戰爭中的榮耀和聲望，維納斯願意給他天下最美麗的女子做他的妻子。三位女神個個都想爭取他作出有利於自己的決定。帕里斯決定選維納斯，把金蘋果給了她，從而使另外兩位女神成了他的敵人。

　　帕里斯在維納斯的保護下來到希臘，斯巴達國王墨涅拉俄斯熱情地接待他。可是墨涅拉俄斯的妻子海倫正是維納斯為帕里斯選中的女子，是個絕世無雙的美人。當年就有無數的求婚者想要她做新娘。在她尚未宣佈決定時，在求婚者之一烏利西斯的建議下，所有來追求她的人宣誓保證他們將保衛她免受一切傷害，並且如有必要將為她報仇雪恥。她看上了墨涅拉俄斯，跟他生活得很幸福。可是，帕里斯前來做客。帕里斯在維納斯幫助下，勸她跟他私奔，把她帶到了特洛伊，從而引起了著名的特洛伊戰爭。

八十三　阿喀琉斯與阿伽門農的爭吵

特洛伊戰爭進行了九年，沒有決定性的結局。接着發生了一件似乎會置希臘人的事業於死地的事件：阿喀琉斯跟阿伽門農發生了爭執。希臘人雖未攻下特洛伊城，卻佔領了鄰近的與之聯盟的一些城市。在分配戰利品時，一個女俘虜，阿波羅的祭司克律塞斯的一個叫克律塞伊斯的女兒歸阿伽門農所得。克律塞斯來懇求阿伽門農釋放他的女兒，但遭到拒絕。於是克律塞斯請求阿波羅降災於希臘人，迫使他們放棄戰利品。阿波羅接受他祭司的禱告，降瘟疫於希臘軍營。希臘人召集會議，討論如何消除神祇的憤怒並避免瘟疫。阿咯琉斯勇敢地指責阿伽門農，認為他們蒙受災難是因為阿伽門農不肯放棄克律塞伊斯。阿伽門農聽了火冒三丈。他同意釋放他的女俘虜，但要求阿咯琉斯把他在分戰利品時所得到的少女布里塞伊斯讓給他作為補償。阿咯琉斯同意了，但立即宣佈不再參戰。他從總軍營裏撤回他的部隊，公開聲明他打算返回希臘老家。

阿咯琉斯的母親忒提斯對兒子所受的傷害也極為不滿。她馬上趕到朱庇特的宮殿請求他使特洛伊部隊取勝，從而致使希臘人後悔他們對阿咯琉斯的不公正行為。朱庇特同意了。在隨之而來的戰役中，特洛伊人大獲全勝。希臘人被趕出戰場，躲到了船裏。

於是，阿伽門農召集最聰明最勇敢的將領開會。涅斯托耳建議派使節去勸阿咯琉斯返回戰場，勸阿伽門農交出引起爭執的少女，並置辦大量禮物彌補他所做的錯事。阿伽門農同意了，派烏利西斯、埃阿克斯和福涅克斯去見阿咯琉斯，傳達他的悔罪之意。他們執行了任務，但阿咯琉斯對他們的懇求置若罔聞。他斷然拒絕重返戰場，堅持立即返航希臘的決定。

代表們遊說阿咯琉斯未能成功的第二天，雙方又打了一仗。特洛伊人因為有朱庇特的支持又獲勝了。他們成功地打開一條道路，進入希臘人的壁壘，打算放火燒他們的戰船。

八十四　珀特洛克羅斯之死

　　阿喀琉斯的同伴和最親密的朋友珀特洛克羅斯匆忙趕到阿喀琉斯那裏，告訴他他們以前的同盟者軍營裏的悲慘情景：狄俄墨得斯、烏利西斯、阿伽門農、瑪卡翁等都受傷了，壁壘被攻破了，戰船上的敵人正打算放火燒船，切斷他們回希臘的一切退路。阿喀琉斯稍動了憐憫之心，答應珀特洛克羅斯的要求，同意讓他帶領密耳彌多涅人前往戰場，並把自己的盔甲借給他，讓他藉此使特洛伊人對他更是恐懼。

　　珀特洛克羅斯和密耳彌多涅人立即投入戰爭最激烈的地方。希臘人見此情景，歡呼聲雷動，響徹船隻。特洛伊人見到遐邇聞名的盔甲，大為恐懼，四下尋找避難之處。

　　珀特洛克羅斯終於實現了他最大的願望，打退了特洛伊人，拯救了自己的同胞。可是，就在此時此刻，運勢轉變了過來。赫克托耳乘着戰車前來應戰。珀特洛克羅斯向赫克托耳扔了一塊巨石，沒有命中目標，但卻擊中駕戰車的人，把他從車上打了下來。赫克托耳跳下戰車來救護朋友，珀特洛克羅斯也下車來爭取最後的勝利，兩位英雄面對面相峙着。在這個決定勝負的時刻，福波斯出面與珀特洛克羅斯對抗，他打掉珀特洛克羅斯頭上的頭盔和手上的長矛。同時，一位特洛伊無名小卒從背後刺傷了珀特洛克羅斯，赫克托耳向前一衝，用長矛刺穿了珀特洛克羅斯。珀特洛克羅斯受了致命重傷，倒在地上。

接着便是一陣激烈的混戰，雙方爭奪珀特洛克羅斯的屍體。他的盔甲立即為赫克托耳所得，赫克托耳脫掉自己的盔甲，穿戴好阿喀琉斯的盔甲，重新回來作戰。埃阿克斯和墨涅拉俄斯死死守衛珀特洛克羅斯的屍體，赫克托耳和他最英勇的武士奮力前來爭奪。終於，希臘人在赫克托耳、埃涅阿斯和其他特洛伊人的緊緊追趕下，把屍體送回了戰船。

八十五　老王求情

　　阿喀琉斯聽説他的朋友慘遭不測，悲痛萬分。他的呻吟聲遠遠地傳到他母親忒提斯的耳中，雖然她居住在海洋深處。她急忙趕來看阿喀琉斯，詢問情由。她發現他沒完沒了地譴責自己不應該糾纏於個人怨恨，讓朋友成為犧牲品。現在，復仇的願望是他惟一的安慰，他恨不得馬上就飛速前去搜尋赫克托耳。但他母親提醒他，他已經沒有盔甲了。她答應他，如果他能等到早上的話，她將為他向伏爾坎討一副比他丟失的還要好的盔甲。他同意了，忒提斯馬上趕到伏爾坎的宮殿。伏爾坎聽取了忒提斯的懇求，馬上忙着滿足她的要求。他為阿喀琉斯製造了一副極為精良的盔甲。

　　珀特洛克羅斯去世以後，阿喀琉斯第一次感到高興的時候就是當他看見了這副巧奪天工的盔甲。他披掛完畢以後，走進軍營召集全體將領開會。他們全體聚集以後，他發表講話。他譴責自己不該對阿伽門農抱有不滿情緒，對由此產生的苦難深為惋惜哀痛，他號召他們立即奔赴戰場。阿伽門農作了恰當的回答，把一切責任都歸罪於紛爭女神，於是兩位英雄言歸於好。

接着，阿喀琉斯前去作戰，他怒火滿腔，渴望復仇，因而所向披靡，勢不可當。沒有人敢站在他的面前。普里阿摩斯在城牆上俯視，只見全體將士紛紛向城里奔跑。他下令打開城門放逃亡者進城，等特洛伊人一進城就把城門關上。

別人都躲進城裏，只有赫克托耳站在城門外，決心等候戰鬥。阿喀琉斯趕來了，他跟瑪爾斯一樣令人心驚膽戰，他行動時，盔甲閃閃發光猶如閃電。赫克托耳從身邊拔出劍來上前迎戰。阿喀琉斯在盾牌的保護下等着赫克托耳靠近他。等赫克托耳走近他長矛所能及的地方，阿喀琉斯用眼瞄準對手容易受傷的地方 —— 盔甲沒遮住的頭頸，向之投出長矛。赫克托耳受了致命重傷，倒在地上。

阿喀琉斯剝去屍體的盔甲，用繩索綁住雙腿，拴在他的戰車後面。然後，他登上戰車，鞭打駿馬，拖着赫克托耳的屍體在城前來回奔跑。

阿喀琉斯如此這般侮辱英勇的赫克托耳以泄怒火時，朱庇特動了惻隱之心。他召來忒提斯，叫她去勸導她兒子，把赫克托耳的屍體交還給他的朋友。接着又派伊里斯去國王普里阿摩斯那兒，鼓勵他去見阿喀琉斯，求阿喀琉斯送還他兒子的屍體。伊里斯傳達了朱庇特的口信，普里阿摩斯立即準備動身。朱庇特看到國王年老體衰，頗為同情，派了墨丘利去作嚮導和保護人。

墨丘利用神杖使衛兵們全體入睡，毫無阻攔地把普里阿摩斯領入阿喀琉斯坐陣的營帳。老王撲倒在阿喀琉斯的腳下，親吻那雙毀滅了他許多兒子生命的可怕的手。"啊，阿喀琉斯，"他説，"想想你的父親吧，他跟我一樣年歲很大，在生命苦悶的邊緣掙扎。但是，他知道阿喀琉斯還活着，他依然歡歡喜喜，希望有朝一日還能見到你。但是我沒有安慰來給我歡樂。我的最勇敢的兒子們都已倒下。我曾經有過一個兒子，他比別的兒子都更加是我晚年的倚靠。但他在為國而戰時被你殺害了。我來贖還他的屍體，我帶來了無法估算的贖金。阿喀琉斯！尊敬神祇們！想想你的父親！為了他而對我表示一些憐憫吧！"阿喀琉斯看到普里阿摩斯雪白的頭髮及鬍鬚，大動惻隱之心。他扶起老人，説了這番話："普里阿摩斯，我知道你是在某位神祇的帶領下來到這個地方的。我答應你的要求。"説完，他打發老王帶了赫克托耳的屍體回家，他親自保證允許停戰十二天，舉行殯葬儀式。

八十六　阿喀琉斯的腳跟

　　阿喀琉斯大敗特洛伊人，緊緊追趕他們到城牆下，但是他的氣數也要盡了。波塞冬和阿波羅決意懲罰他，因為他對着赫克托耳的屍體説過一些傲慢無禮的大話。兩位神祇為此進行了磋商。阿波羅以雲彩為掩護，站在斯坎伊恩門前，找到鏖戰中的帕里斯，轉過他的弓，引導他射出致命的一箭，射中阿喀琉斯身上惟一能致命的地方 —— 他的右腳跟（因為他母親忒提斯在他還是嬰兒時曾把他浸在斯堤克斯河中，使他渾身上下，除了她抓住的那隻腳後跟以外，全都刀槍不入），阿喀琉斯在痛苦中死去。但也有人説是阿波羅化身為帕里斯，親手射死阿喀琉斯的。為了爭奪阿喀琉斯的屍體，雙方激戰了一整天。巨人埃阿克斯打倒格勞科斯，搶過他的盔甲，送回軍營；他還冒着一陣箭雨，背着死去的阿喀琉斯，衝過敵軍隊伍，俄底修斯隨後保護。

　　根據另一個傳説，阿喀琉斯是一場陰謀的受害者。阿喀琉斯無意中見到國王普里阿摩斯的女兒波呂克塞娜，也許是在允許特洛伊人埋葬赫克托耳的停戰期間。他為她的美貌所傾倒，為了贏得她結為夫妻，他答應利用他的影響勸說希臘人，讓特洛伊重享和平。他在阿波羅神廟裏洽談婚姻大事時，帕里斯向他射出一支毒箭。在阿波羅的導引下，這支箭射傷了他的腳跟——他身上惟一會遭受傷害的地方。

八十七 特洛伊木馬

特洛伊城堅不可摧，希臘人開始對用武力攻破它失去信心，他們在烏利西斯的建議下，決定採用計謀。他們假裝準備放棄圍攻特洛伊城的打算，撤出一部分船隻，但偷偷地停泊在鄰近小島的後面。接着希臘人造了一匹巨大無比的木馬，散佈消息說，他們將把木馬獻給彌涅耳瓦以求贖罪，其實木馬裏面藏滿了武裝的兵士。留在特洛伊城外的希臘人紛紛登上船隻，揚帆出海，彷彿一去永不復返。特洛伊人看到軍營解散，戰船遠航，認為敵人放棄圍城計劃了。他們大開城門，全城百姓走出城外，他們為可以自由走過以往長期被禁止擅闖的軍營而歡呼。巨馬是他們好奇觀察的主要目標。人人都對木馬的作用好奇不已。有的人建議把它拉進城去做戰利品，有的人看了心驚肉跳。

他們猶疑不決時，涅普頓的祭司拉奧孔高聲説道："公民們，你們犯甚麼糊塗！你們對希臘人的詭計知道得還不夠嗎？難道你們還不想提防它？在我看來，我怕希臘人，即使在他們贈送禮物時也怕他們。"當時人們也許會聽從他的勸告，銷毀將致人於死命的木馬及其腹中一切東西；但是就在這個時刻來了一羣人，拽了一個像是俘虜的希臘人。這個嚇得半死的人被帶到將領們跟前，他們安慰他，答應他：如果他老實回答他們的問題的話，他們就饒了他的性命。他告訴他們，他是希臘人，名叫西農，由於烏利西斯的惡意，他的同胞們在撤離時把他留下了。至於那匹木馬，他告訴他們説，這是獻給彌涅耳瓦爭取和解的祭品，木馬造得這麼大，純粹是為了不讓人把它搬進城裏，因為先知卡爾卡斯告訴他們，如果特洛伊人獲得木馬，他們一定能戰勝希臘人。這番話語打動了人們的心，他們開始考慮怎樣才能牢牢獲得這匹巨馬及與之相繫的吉兆。突然，發生了一件怪事，使人們不再三心二意。原來海上出現兩條巨蛇，游了過來。牠們來到陸地，人們四下逃散。巨蛇徑直來到拉奧孔和他兩個兒子站着的地方。牠們首先襲擊兩個孩子，纏在他們身上，對着他們的面孔噴毒氣。他們的父親企圖解救他們，但也被巨蛇纏繞。他拼命掙扎，想把牠們扯開，但牠們制服了他的一切努力，用有毒的身體纏住他和他的孩子們，把他們活活勒死。人們認為這件事清楚地表明神祇們不喜歡拉奧孔對木馬的不敬。他們不再遲疑，一致認為木馬是件聖物，打算以應有的敬意把它請進城裏。他們載歌載舞，夾雜着勝利的歡呼把木馬拉進城裏，這一天以歡慶盛宴告終。半夜裏，載在木馬腹內的武裝士兵由間諜西農放了出來，他們打開城門迎接在黑夜掩護下返回的戰友們。他們縱火燒了全城，把酒足飯飽正在酣睡的人一一殺死。特洛伊終於全城陷落。

八十八　烏利西斯智勝獨眼巨人

　　烏利西斯返航的船隊離開特洛伊後，首先在西科尼亞人之城伊斯馬魯斯着陸。

　　他們經過一些國家以後抵達庫克羅普斯國。庫克羅普斯是些巨人，他們住在一個島上，是該島惟一的主人。庫克羅普斯這一名字的意思是"圓眼"。這些巨人之所以被稱為"圓眼"，是因為他們只有一隻長在前額正中的眼睛。他們住在洞裏，以島上的野生物和他們豢養的羊羣為食。烏利西斯把船隊的多數船隻拋錨停泊下來，然後乘一條小船到庫克羅普斯人居住的島上去尋找補給品。他和夥伴們一起登上小島，隨身帶着作為禮物的一罐美酒。他們來到一個火山洞便走了進去，發現洞裏空無人跡。他們四處端詳，發現洞裏羊羣滿圈，有小羊羔和小山羊，還貯存着大量奶酪和一桶桶、一碗碗的羊奶，洞裏的一切全都張羅得井井有條。不久，山洞的主人波呂斐摩斯回來了。他把準備擠奶的母羊和山羊趕入山洞。進洞時，波呂斐摩斯把一塊連二十頭公牛都拽不動的巖石推到洞口，然後坐下來擠奶，所擠的奶一部分用來製作奶酪，剩餘的作為日常飲料。後來波呂斐摩斯用他那隻大眼睛環視四周，發覺洞裏的陌生人，他便向着他們大聲嚎叫，問他們是甚麼人，從哪兒來。烏利西斯十分謙恭地答道，他們是新近從特洛伊遠征中載譽還鄉的希臘人，烏利西斯最後憑藉神祇的名義央求波呂斐摩斯殷勤相待。波呂斐摩斯沒有作答，卻伸手抓住兩個希臘人，向着洞口的一側把他們用力一擲，個個腦漿迸裂。波呂斐摩斯狼吞虎咽地吃掉他們，吃得津津有味。飽餐一頓以後，他伸展着四肢，席地而睡。

　　第二天早上，巨人又抓住兩個希臘人，像對待他們的同伴那樣結束了他們的性命，把他們的人肉當作佳餚，吃得一絲不剩。然後，波呂斐摩斯移開洞口的石頭，把羊羣趕出洞外，他走出洞口，再仔細地把門障放回原處。巨人走後，烏利西斯盤算着如何為被害的朋友報仇，及如何和生還的夥伴一起逃離虎口。烏利西斯命令他手下人把洞裏找到的一根又粗又大的木棒 —— 波呂斐摩斯打算用來做手杖的 —— 作一番加工。他們把棒的一頭削得尖尖的，再放到火上烘烤硬實，然後放在山洞的草堆下藏起來。烏利西斯從手下人中間挑選了四個最驍勇的，加上自己一共五個。波呂斐摩斯晚上回到山洞，和平常一樣把洞口的巨石搬開，把羊羣趕入洞內。擠完奶，他如法炮製，揪住烏利西斯的另外兩個同伴，當作自己的晚餐。等他飽食完畢，烏利西斯走近他的身旁，向他獻上一碗美酒，說道："波呂斐摩斯，你吃過人肉宴，請再嚐嚐這美酒，把它乾了吧！"波呂斐摩斯把碗接過來一飲而盡。他喝得十分高興，開口再要。烏利西斯忙着給他斟酒，這使巨人滿心歡喜。為了表示善意，他答應烏利西斯最後一個把他吃掉。

波呂斐摩斯問他叫甚麼名字，烏利西斯説：“我的名字叫吳人。”

吃過晚飯，巨人躺下來休息，不久便酣睡過去。烏利西斯和他挑選的四個夥伴把大棒的一頭放在火上燒得通紅，然後高舉在巨人的獨眼上方，深深地把它插進眼窩裏。山洞裏迴蕩着這咆哮如雷的巨獸的嗥叫聲。聽到喊聲後，山洞裏的庫克羅普斯人成羣結隊地把山洞圍住，打聽究竟是甚麼傷心事使波呂斐摩斯發出這樣的驚叫聲。波呂斐摩斯答道：“哦！朋友！我要死了，吳人打我。”他們説：“甚麼？無人？如果沒有人傷害你，那就是朱庇特打了你囉，這你可得忍受。”説完，他們便紛紛離去，留下波呂斐摩斯不斷地呻吟。

第二天早晨，波呂斐摩斯把洞口的巨石推開，跟羊羣出去放牧，他自己卻佇立在洞口，用手挨個地摸着走過的羊隻，使烏利西斯他們不能隨羊羣逃出洞外。但是，烏利西斯早就叫他的人用洞裏找到的柳條把公羊三頭一組並排套在一起，希臘人都倒懸在中間那隻公羊的腹下，以左右兩邊的公羊作掩護。羊羣走過時，巨人摸的是羊的背部和兩側，從沒想到要摸羊的腹部，所以這些人都安全通過，最後一個出洞口的是烏利西斯。他和夥伴們在離山洞不遠處便從羊腹下鑽出來，把大部分羊朝停靠他們的船的岸邊趕去，並匆忙把羊趕上船，然後撐離海岸。

八十九　喀耳刻的魔杖

　　烏利西斯和他的夥伴到達了太陽的女兒喀耳刻居住的埃埃亞島。烏利西斯上了岸，爬上一座小山，向四周眺望，卻不見人煙，只發現島的中央處為綠樹環抱的一座宮殿。他把自己的一半人馬打發出去，在歐律羅科斯率領下探聽能否找到殷勤好客的地方。他們走近那座宮殿時，發現前後左右都是獅子、老虎和狼。牠們不兇猛，都很馴服，因為牠們是被大魔術師喀耳刻的妖法馴服的。這些動物原來都是人，喀耳刻的妖法把他們變成了野獸。從宮殿裏傳來輕盈的樂聲和甜美的女性歌聲。歐律羅科斯大聲呼喚，女神應聲而至並邀請他們進宮。大夥欣然而入，只有歐律羅科斯留在宮外，他猜測其中有險情。女神領着客人就座並以美酒佳餚相待。在他們開懷暢飲時，她用魔杖挨個點他們一下，他們頓時變成豬，長出豬頭、豬身和豬鬃，説話像豬叫，但是他們仍具有從前的智力。女神把他們關在豬圈裏，餵以橡樹子和其他豬喜愛的食物。

歐律羅科斯匆匆忙忙地趕回船上，訴説了事情的經過。烏利西斯隨即決定親自出馬，他想試試有無解救同伴的辦法。當他隻身邁着大步往前走去時，一位青年親昵地和他攀談，似乎熟悉他的歷險故事。這個青年自稱是墨丘利，他把喀耳刻的魔法以及接近她的危險告訴烏利西斯。由於烏利西斯前去解救的決心不為所動，墨丘利便把有抗拒魔力的一小枝黑根白花野草給了他，並告訴他對付女神的辦法。烏利西斯繼續朝前走去，到達宮殿後受到喀耳刻的殷勤接待，她以款待烏利西斯的同伴的方式招待他。在烏利西斯酒醉飯飽之後，喀耳刻用她的魔杖點他一下，嘴裏唸道："走吧，找你的豬圈去，和你的朋友一起滾泥巴。"但是，烏利西斯沒有聽從她的吩咐；相反，他拔出劍來，怒氣沖沖地向她撲去。喀耳刻下跪求饒。烏利西斯命令她莊嚴發誓：釋放他的同伴並不再傷害他和他的同伴。喀耳刻又把誓言重述一遍，並答應熱情款待他們，然後不加傷害地全部釋放。她言行一致，把那些人都恢復了原形，還把留在崖邊的其他船員也召來，日復一日地盛情款待全體人馬，使得烏利西斯似乎樂不思蜀，安於悠閒和享樂的可恥生活。

終於，他的夥伴喚醒了他的高尚感情，他以感激的心情接受了他們的忠告。喀耳刻幫助他們離開該島，並且告訴他們如何安全駛過女妖塞王的海岸。

九十 女妖塞王

喀耳刻告訴過烏利西斯和他的夥伴如何安全通過女妖塞王的海岸。塞王是海上仙女，其歌聲富有魔力，誰聽了誰都着迷，失意的水手聽後不能自已而投海自盡。喀耳刻吩咐烏利西斯把海員的耳朵用蠟塞住，使他們無法聽到仙女的歌聲，叫人把他自己綁在桅杆上，並要他切切告誡夥伴們在通過女妖塞王之島以前，不管他說甚麼或做甚麼都決不能替他鬆綁。烏利西斯對喀耳刻的吩咐言聽計從。他用蠟塞住同伴們的耳朵，聽任他們用繩子把他緊緊拴在桅杆上。當他們接近塞王之島時，海上風平浪靜，從海面飄來音樂的旋律，令人陶醉和神往，烏利西斯掙扎着要解除束縛，他向部下又叫又喊又打手勢，哀求他們給他鬆綁；

但是，他們仍然聽從他原來的命令，跳過去把他綁得更緊。他們繼續航行，音樂聲越來越輕，最後消失。烏利西斯興高彩烈，打着手勢叫夥伴們把耳朵裏的蠟取出來，他們也給他鬆了綁。

九十一　特里那喀亞 —— 太陽島

烏利西斯通過斯庫拉和卡律布狄斯的關口後所要去的另一個地方就是特里那喀亞島，是太陽神許珀里翁的女兒蘭珀提厄和法厄圖薩放牧他的牛羣的地方。漂洋過海的人無論短缺甚麼東西，他們決不能侵犯這羣牲口。這個禁令若有違犯，違禁者必遭殺身之禍。

烏利西斯本來希望一舉通過太陽島而不在那裏停泊，但是他的夥伴糾纏不休，一再要求在岸邊停泊過夜，以便休息和恢復體力，烏利西斯只好同意了他們的請求。不過，他要他們立下誓言，決不能動這神聖的牛羣中任何一頭牲口，應該滿足於食用喀耳刻裝上船的那些剩餘的補給。在這些食品用盡以前，船員們是信守諾言的。但是逆風使他們在島上耽擱了一個月，耗盡了他們的全部存糧，他們被迫以所能捕到的鳥、魚果腹。他們受着飢餓的折磨，終於在烏利西斯不在的某天殺了一些牛，他們把屠宰的一部分牛奉獻給被冒犯的神祇，企圖以此彌補過失，然而妄費心機。烏利西斯回到岸上發現他們的勾當後，不禁毛骨悚然，隨之而來的凶兆更使他不寒而慄。牛皮在地上爬動，大塊的牛腿肉在烤肉架上烘烤時發出哞哞的叫聲。

颳起了順風，他們啟航離開小島了。啟航不久，天氣突變，來了一場雷電交加的風暴。一道閃電打斷了桅杆，倒下的桅杆砸死了舵手。最後，船身粉碎，龍骨和桅杆在一起漂動，烏利西斯用它們做成一隻小筏，緊緊地把它抓住。風向變了，他隨海浪漂泊到卡呂普索居住的島上。其他的船員全部葬身魚腹。

九十二　烏利西斯與淮阿喀亞人

獨個兒乘着木筏的烏利西斯又經歷了好一些險境，後來來到了淮阿喀亞人的國土。

就在烏利西斯被海浪沖到淮阿喀亞人之島岸邊，熟睡在樹葉鋪成的牀上的那個晚上，彌涅耳瓦給淮阿喀亞國王的女兒瑙西卡託了一個夢，提醒她婚期不遠了，為了給婚姻大事作一個細心周全的準備，應該把全家的衣裳洗滌乾淨。夢醒後，公主匆匆找到父母，向他們吐露心事，她隻字不提她的婚期，卻找了別的同樣充分的理由。父親聽後欣然同意，並吩咐車夫準備車輛。到了河邊，公主和隨從的姑娘們放騾子吃草，卸完車，把衣物抱到河邊；她們歡快地洗着衣裳，不久結束了勞動，然後坐下來用膳；餐畢，她們站起來做擲球遊戲。當她們疊好衣裳正準備上路回城時，彌涅耳瓦把公主拋出的球轉變方向落入河中，這時姑娘們發出一陣喊聲，驚醒了烏利西斯。

他摘取一枝有濃密樹葉的枝條遮住赤裸裸的身體，從樹叢裏走出來。少女們看到他都四處奔逃，只有瑙西卡留下，因為彌涅耳瓦幫助她，給了她勇氣和洞察力。烏利西斯畢恭畢敬地站在此處，向她述說自己的悲慘遭遇，請求美人賜給他食物和衣裳。公主溫文有禮地回答了他，並答應立即給予救濟，且許以她父親的殷勤接待。她把受驚的少女們召喚回來，對她們的驚惶之狀加以指責。她叫她們把食物和衣裳拿過來，因為車上就有她兄弟的衣裳。烏利西斯接過衣食，便退到隱蔽的地方去洗掉身上的海水和泡沫，然後穿上衣服，吃點食物以恢復精神。彌涅耳瓦使他變得魁梧，前胸挺實，神采奕奕，眉宇間洋溢着大丈夫氣概。

公主對他不勝愛慕，毫無顧慮地告訴姑娘們，她期望神祇給她匹配一個這樣的丈夫。她建議烏利西斯到城裏去。但是，接近城鎮時，她不希望有人看見他和她走在一起，因為她害怕粗俗之徒看見一個儀表堂堂的外鄉人伴隨着她歸來會說些閒言碎語。為了避免人家說閒話，她吩咐他在一個與城鎮毗鄰的小叢林裏稍事逗留，那裏有一片國王的花園農莊，他在那兒碰到的任何人都能毫不費力地為他引路去王宮。

烏利西斯聽從她的吩咐，即刻動身進城。臨近城池，他遇到一個拿着大水罐提水的年輕女人，這般打扮的女人就是彌涅耳瓦。烏利西斯走過去和她說話，希望她領他到國王阿爾喀諾俄斯的宮殿去。那個少女恭恭敬敬地回答他，答應做他的嚮導。女神引導着他，又用魔術把他裹在雲霧裏，使別人看不見他。烏利西斯和彌涅耳瓦穿過熙熙攘攘的人羣，等他們走近宮殿，女神首先把這個國家、他要見的國王和人民的情況告訴了他，然後便離去了。在進入宮殿的庭院之前，烏利西斯停下步來環視景色，那壯麗的景色使他驚奇不已。

烏利西斯盡情地觀賞了一番周圍的景色，最後快步走進首領和元老院議員們集會的大廳，他們正向墨丘利獻奠美酒，晚宴後將為他舉行祭祀。就在此時，彌涅耳瓦化盡霧氣，烏利西斯被暴露在集會的眾首領之前。他朝王后就座的地方走去，跪在她的面前，請求她助他一臂之力，使他能返回祖國。他說完後退出，像懇求者那樣坐在火爐邊。

一位年長的政治家對國王說：“讓一位請求我們以禮相待的外鄉人以懇求者的身份等着，而沒有人表示歡迎之意，是不恰當的。因此應該讓他和我們坐在一起，以酒食相待。”國王聽到這些話後站起來，向烏利西斯伸出手去，領他坐在國王的兒子為外鄉人讓出的位子上。烏利西斯的面前擺上了佳餚美酒，他飽食了一頓，恢復了精神。

客人散後，只剩下烏利西斯、國王和王后。王后問他是誰，從哪兒來。烏利西斯把他在卡呂普索之島停留和離開的經過，木筏失事、他游出險境以及公主救他的始末一一向他們訴說。公主的雙親聽了稱道不已，國王答應給烏利西斯提供船隻，使他的客人能坐船回自己的故國去。

第二天，準備好一艘三桅帆船並挑選了一組壯健的水手，烏利西斯乘着淮阿喀亞人準備的小船啟航，不久就安全抵達自己的伊塔刻島。當小船停靠海灘時，他已入睡。水手們把他抬上岸，沒有把他喚醒，把裝着衣物的箱子隨他一起搬到岸上，然後便揚帆離去。

涅普頓對淮阿喀亞人從他手中拯救了烏利西斯大感不快，當返航的帆船正要駛進港口的時候，他把它變成了一塊石頭，石頭就正對着港灣的出入口。

九十三　烏利西斯重返家園

烏利西斯已經和伊塔刻闊別了二十年。他醒來時，沒有認出自己的故鄉。彌涅耳瓦變形為一個青年牧童，告訴他這是甚麼地方，並向他敍述他的宮殿裏的現狀：伊塔刻和鄰近各島嶼一百多位貴族以為他已離開人世，多年來一直在向他的妻子珀涅羅珀求婚，他們儼若宮殿的主人，在宮裏蠻橫霸道，對臣民頤指氣使；為了能夠向他們報仇，他千萬不可以暴露身份。彌涅耳瓦因而把他變成難看的乞丐。他雖是乞丐打扮，還是受到了他宮裏忠實的僕人——

牧童歐邁俄斯的熱情接待。

他的兒子忒勒瑪科斯為尋找父親離家外出，去訪問從特洛伊遠征歸來的其他國王的宮殿。尋父途中，他得到彌涅耳瓦要他回家的勸告。他回到家，在求婚人中間露面之前，他去找歐邁俄斯了解宮裏的一些情況。歐邁俄斯被派進宮裏把王子回來的消息秘密地告訴王后珀涅羅珀。忒勒瑪科斯已經獲悉求婚人正在策劃攔劫和暗殺他的陰謀，所以有必要防範他們。歐邁俄斯離開後，彌涅耳瓦出現在烏利西斯的面前，吩咐他把真實身份告訴兒子。她同時在他身上輕輕一點，他那種蒼老貧寒之態頓時消失，恢復了他原有的精力充沛的男子氣概。

父子共商制服求婚人和懲罰其惡行的辦法。他們決定，忒勒瑪科斯到宮殿裏去和往常那樣與求婚人周旋，烏利西斯則打扮成乞丐。烏利西斯告誡兒子不要讓人看出他這個人不是乞丐，即使眼看着他受到凌辱或捶打，忒勒瑪科斯要像對待一般陌生人那樣，不進行過分的干預。在王宮裏，他們看到那種司空見慣的大吃大喝和喧鬧的場面。求婚者裝出一副為忒勒瑪科斯的歸來而高興的樣子迎接他，暗地裏卻為沒有把他殺掉而惱怒。他們讓老乞丐進入宮裏，並分給他一份酒食。

烏利西斯坐在大廳裏吃他那一份酒食時，求婚者很快就顯露出對他的蠻橫態度。他稍一抗辯，其中一個求婚者便抄起凳子朝他打過來。忒勒瑪科斯眼見父親在自己的廳堂蒙受這般待遇，怒不可遏，但是，他想到父親的告誡，便只説些符合主人身份的話，表示他雖然年輕，卻也是來賓的保護人。

　　珀涅羅珀對究竟接受哪一位的求婚一直遲延不決，看來她再也找不出拖延的藉口了。她的丈夫長期銷聲匿跡，似乎證明他沒有回來的希望了。同時，她的兒子已經成人，能夠料理自己的事務。因此她同意通過在求婚者之間以比試技藝 —— 射箭比賽的方式來決定她的對象的取捨。她把十二個環排成一行，誰一箭射過全部十二個環，誰就贏得了王后。大廳裏擺着從武器庫裏搬來的、烏利西斯的一位同輩英雄從前送給他的一把大弓，箭袋裏滿是箭。忒勒瑪科斯早已小心地把其他武器全部搬走，藉口是當競賽進入白熱化，人們頭腦發熱時，這些武器有被濫用的危險。

　　有關比賽的一切事宜都已準備就緒。第一件要做的事就是彎弓以裝上弓弦。忒勒瑪科斯盡力試了一試，但徒勞無功；他謙遜地承認自己做了一件力不從心的事，便把弓讓給另一個人。那個人試了一試，也沒有成功，在同伴們的哄笑聲中放棄了。人們一個接一個地試了起來；他們用蠟油擦了弓身，但是沒有起甚麼作用，還是彎不了弓。烏利西斯謙恭地說："我從前是一個士兵，我這雙老胳臂還有點力氣。"求婚人哄笑嘲弄他，呵責他傲慢無禮，下令把他轟出大廳。但是，忒勒瑪科斯為他說話，請他試試，說這僅僅是為了讓老頭高興高興。烏利西斯拿起了弓，以高超的技術擺弄着。他不費吹灰之力就把弓繩搭在弓上，然後在弓弦上裝上一枝箭，他拉緊弓弦，把箭毫釐不差地射過十二個環。

烏利西斯不讓他們表示驚訝就說："現在瞄準另一個靶！"他直接對準最蠻橫的一個求婚者，一箭射去，箭頭穿透他的咽喉，他倒地而死。全副武裝的忒勒瑪科斯、歐邁俄斯和另一位忠實的隨從都跳到烏利西斯身旁。目瞪口呆的求婚人四處尋找武器，但甚麼也沒有找到；他們無處可逃，因為歐邁俄斯早已把大門閂緊。烏利西斯很快讓他們明白過來，他聲明自己就是那位長期失蹤的君主，是他們侵犯了他的宮殿，揮霍了他的財產，欺壓他的嬌妻愛子長達十年之久；烏利西斯告訴他們，他決心要報這深仇大恨。他把求婚人斬盡殺絕，又成了宮殿的主人，成了他的王國的君主和妻子的夫君。

九十四　埃涅阿斯與鳥身女妖

　　在決定命運的夜晚，暗藏着的武士們從木馬裏出來攻佔了特洛伊，使這個城市火光四起，埃涅阿斯同他的父親、妻子和兒子逃離了毀滅之境。由於父親安喀塞斯年邁而步履蹣跚，埃涅阿斯把他背在肩上。在重負之下，埃涅阿斯領着兒子，後面跟着妻子，盡快離開這火光熊熊的城市，但是，他和妻子在混亂中失散了。

　　匯合地點有許許多多逃難的男男女女，他們在埃涅阿斯的領導之下，經過數月的準備，終於啟程。他們首先在毗鄰的色雷斯海岸登陸。隨後他們到達了得羅斯島——阿波羅和狄安娜就誕生在那裏，這是阿波羅的聖島。埃涅阿斯去詢問阿波羅的神諭，得到的回答照例模棱兩可——"尋找你們古老的母親去吧；埃涅阿斯的後裔將要居住在那裏，並將把其他民族降為臣民。"安喀塞斯記得，根據傳說他們的祖先來自克里特島，他們決心行駛到那裏去。他們到達克里特島並開始建立城池，但是疾病在他們之間流傳，他們種植的農田顆粒不收。在這令人沮喪的景況中，埃涅阿斯夢見有人勸他離開這個國家，尋找一個名叫赫斯珀里亞的西方國家。因此，他們把未來的航程指向現在稱為意大利的赫斯珀里亞，他們經過許多冒險後終於到達那裏，所花費的時間足夠讓一個現代航海家環球旅行好幾圈。

他們最先登上的是哈耳庇埃島。哈耳庇埃是一種令人憎惡的鳥，牠們長有少女頭、長長的爪和因飢餓而蒼白的臉。這些鳥是神祇派來折磨一個叫菲紐斯的人的，朱庇特使菲紐斯失去視力以懲罰他的殘酷；只要膳食出現，哈耳庇埃們就俯衝下去，把食物取走。阿耳戈船的英雄們把牠們從菲紐斯身邊趕走。牠們便飛到埃涅阿斯剛發現的島上躲藏。

特洛伊人進入海港，看見成羣結隊的牲口在平原上到處漫遊。他們隨心所欲宰殺了許多，準備飽餐一頓。但是，他們剛剛在桌旁坐定，便聽見空中傳來一陣可怕的喧囂，一羣令人憎惡的鳥身女妖向着他們俯衝下來，用爪子抓起盤中的肉，揚長而去。埃涅阿斯和他的同伴拔出劍來，使勁地朝魔鬼砍去，但均無濟於事，因為牠們行動輕捷，幾乎無法把牠們擊中，牠們的羽毛就像刀劍穿不透的盔甲。其中一隻鳥身女妖停棲在鄰近的懸崖上尖聲叫道：

"特洛伊人，難道你們就這樣對待我們這些無辜的鳥？你們宰了我們的牲口，現在又向我們宣戰。"這隻鳥身女妖預言在未來的航程中他們將遭受可怕的災難。泄憤之後女妖便飛走了。特洛伊人匆匆離開這個國家，從此以後，埃涅阿斯沿着西西里的海岸航行。

九十五　涅普頓拯救特洛伊人

赫勒諾斯曾告誡埃涅阿斯要躲開由妖怪斯庫拉和卡律布狄斯把守的海峽。在那裏，烏利西斯喪失了六個同伴，他們是在航海的人正全神貫注地想躲開卡律布狄斯的當兒被斯庫拉抓走的。埃涅阿斯聽從赫勒諾斯的勸告，繞開那個危險的關口，沿着西西里島的海岸航行。

朱諾看着特洛伊人順利地朝着預定的海岸快速行進，對他們的舊恨不禁又湧上心頭，她永遠忘不了帕里斯如何輕視她而把貌美之獎賞賜他人。於是，她匆匆跑去見風的主宰者埃俄羅斯，正是埃俄羅斯把順風賜給烏利西斯，並把逆風封進繫好的袋子裏也送給他。埃俄羅斯對女神言聽計從，派他的兒子玻瑞阿斯和堤豐及其他風神把大海翻騰起來，一場可怕的風暴隨之而來，特洛伊人的船隻被颳離航道，向非洲海岸漂去。這些船各散西東，隨時有傾覆的危險，埃涅阿斯以為除他那條船外所有的船隻都沉沒了。

在這緊要關頭，涅普頓聽到呼嘯的風暴，他知道自己曾下過颳一陣風暴的命令，便從波浪中抬起頭察看，看見埃涅阿斯的船隊在大風中飄蕩。他明白這是怎麼一回事，因為他知道朱諾所懷的敵意，儘管如此，他對他人干預他權力範圍內的事情頗為惱怒。他召來風神，嚴加申斥後讓他們立即離去。然後他使風浪平靜下來，驅除了遮住太陽的雲霧。他用自己的三叉戟撬起一些被颳到巖石上的船，而特里同和一位海上神女則把其他的船用肩膀扛起，放入水中，重新讓它們漂動起來。海上風平浪靜以後，特洛伊人向最近的海岸 ── 迦太基海岸駛去。埃涅阿斯高興地發現，全部船隻雖曾遭到風浪的嚴重沖擊，但都一艘艘安全抵岸。

九十六　狄多之死

　　那些離鄉背井的人到達西西里島對面非洲海岸上一個叫迦太基的地方，這是當時在狄多王后統治下的堆羅領地，為後來發展成一個堪與羅馬匹敵的國家奠定了基礎。狄多是堆羅王帕羅斯的女兒和繼承父親王位的皮格瑪利翁的姐妹。狄多的丈夫緒開俄斯是一個腰纏萬貫的富翁，皮格瑪利翁對他的財寶垂涎三尺，把他置於死地。狄多在一大批男女朋友和侍從的幫助下，成功地搭幾艘船逃出了堆羅，並帶走了大量緒開俄斯的金銀財寶。他們來到選作未來家鄉的地方，僅要求當地人給他們以一張牛皮能圈下來的土地，他們的要求被欣然同意。狄多叫人把這張牛皮裁成條條，用這些皮條圈地，狄多就在這塊土地上興建了一座叫皮爾薩（牛皮）的堡壘，迦太基城就圍繞着這座堡壘拔地而起，很快成了一個頗有影響、欣欣向榮的地方。

　　埃涅阿斯和他的隨從特洛伊人到達迦太基時，那裏的景況就是如此。狄多友好而殷勤地接待這些著名的漂泊者。她說：“對於危難我並非一無所知，我學會了周濟不幸的人。”王后的殷勤體現在她舉行的歡慶活動中，那包括了種種角力表演和競技。外鄉人和她的臣民一視同仁地爭奪棕櫚葉。王后聲明：“勝利者不論是特洛伊人或堆羅人，對我來說都是一樣的。”在比賽後舉行的宴會上，應王后的請求，埃涅阿斯講述了特洛伊歷史上最後發生的事件以及他自己在特洛伊城陷落後的歷險記。他的描述使狄多着了迷，她對他的功績稱羨不已，一股對他的熾熱感情油然而生。至於他，接受這個幸運的機遇似可心滿意足了，這使他能立即愉快地結束那漂泊生涯，得到一個家園、一個王國和一位新娘。在愉快的交往中，一個月又一個月的時光過去了。他似乎把意大利和立志要在意大利海岸上建立的帝國全部置諸腦後了。有鑒於此，朱庇特派墨丘利給埃涅阿斯捎信，喚醒他對崇高使命的責任感，命令他重新啟航。

雖然狄多百般勸誘想把他留住，埃涅阿斯還是離開了她。她的感情和自尊心遭受的打擊實在太大，這叫她無法忍受。當她發現埃涅阿斯已經離去，便爬上一個她事先叫人準備好的火葬柴堆，往自己身上捅了一刀，然後以火葬身。駛離島嶼的特洛伊人看見了城市上空升起的火焰，雖然沒有人知道起火的原因，但這火光多少向埃涅阿斯暗示了不祥的事件。

九十七　埃涅阿斯冥府會父記

西比爾和埃涅阿斯到陰間後，穿過一片黑暗的中間地帶，來到福地 —— 幸福者居住的小樹林。這片地區有自己的太陽和星星。居民以多種方式自得其樂，有些人在青草地上運動、角力和競技，其他人在跳舞或歌唱。埃涅阿斯在這裏看到特洛伊國的締造者 —— 曾經生活在幸福年代裏的高尚的英雄們。他帶着羨慕的目光凝視着被棄置不用的戰車和閃閃發光的武器。長矛牢牢地豎在地上，卸了馬鞍的戰馬在平原上到處漫遊。在這裏居住的是為祖國的事業負傷捐軀的人、虔誠的祭司，以及表達了值得阿波羅稱道的文思的詩人，還有那些發明有用的手藝從而給生活帶來歡樂、增添異彩的人，人們永遠懷念他們，因為他們為人類謀福利。西比爾同他們中間的一羣人說話，問他們安喀塞斯在哪兒。他們指點西比爾和埃涅阿斯去找安喀塞斯，不久便在一個青翠的山谷裏找到了他。安喀塞斯正在那裏默默打量着他的子孫後代，為他們的命運和未來要取得的高尚功績而冥思苦想。當他認出走過來的埃涅阿斯時，便向他伸出雙手，眼淚奪眶而出。他説："你終於來了，我期待已久。經歷了往日的這般風險，我看到的真是你嗎？啊！兒子，我時時注意着你的經歷，我多麼替你擔憂！"埃涅阿斯答道："啊！父親！你的音容恆常出現在我面前，指引着我，保護着我。"他上前擁抱父親，但是，雙臂抱住的卻是一個虛無飄渺的形象。

埃涅阿斯發覺在他面前有個開闊的山谷，樹林隨風輕輕飄動，一派寧靜的景色，忘河就打這裏流過。沿河兩岸數不盡的人羣在漫遊，多得像夏天空中的昆蟲。埃涅阿斯感到詫異，打聽這些是甚麼人。安喀塞斯回答道："他們是等待着被賦予身軀的魂靈。在時候到來之前，他們就住在河畔，喝忘河的水，把過去的生活忘掉。"埃涅阿斯説："啊！父親，難道還有人如此熱愛生活，而想離開這寧靜的地方回到人間去嗎？"安喀塞斯向他解釋了創造萬物的藍圖，告訴他，上帝最早創造了構成靈魂的物質 —— 火、空氣、土和水四種元素。當這四種元素合而為一，就以其最精英部分 —— 火 —— 的形式出現，變成火焰。這種物質就像種子般在太陽、星星和月亮等天體中撒播。較低級的神祇用這種種子創造了人和所有其他的動物，以各種比例的土壤和種子摻和在一起。我們看到，身體發育成熟的男男女女沒有孩童般的純潔，精神吸收的不純潔的污穢跟肉體和靈魂相結合的時間成正比。這種污穢應該在死後加以淨化，辦法是把靈魂暴露在風中或讓靈魂消失在水中，或用火把靈魂中的污濁燒掉。安喀塞斯暗示，只有少數人獲准立即到福地去並在那裏居住，他就是少數人中的一個。其餘的人既清除了土的污濁，復以忘河的水有效地沖去對前世的記憶後，還是要披上新的軀體，重投進人生中去。卻總還有一些腐敗至極的人，不適於具有人的身軀。他們就變成畜牲：獅子、老虎、貓、狗、猴子……

安喀塞斯作了這些解釋之後，開始把今後將出生的同族人一個個指點給埃涅阿斯看，向他敍述他們應該在世界上完成的業績。說完以後，他又把話題拉回來，告訴兒子在他和隨從們在意大利有全面的建樹之前，還需要他完成的幾件大事：他要打仗，要鬥爭，要贏得一位新娘，最終成立特洛伊國，在這基礎上建立羅馬國，經過一段時間以後成為世界的宗主。

埃涅阿斯和西比爾向安喀塞斯告別，抄近道回到陽間。

九十八　先知西比爾

　　埃涅阿斯和西比爾趕路返回人間。他對西比爾說：
"不論你是女神或是受到神祇愛戴的凡人，對我來說，你
將永遠受到我的尊敬。我回到人間以後，將請人建造紀念
你的廟宇，我將親自向你奉上祭品。"西比爾說："我不
是女神，我無權得到祭祀。我是個凡人；不過，要是我接
受了阿波羅的愛情，我可能已經成了神仙。如果我答應做
他的妻子，他就會答應實現我的心願。我抓起一把沙子，
伸過手去說：'請允許我能看到像我手中的沙粒一樣多的
生日。'令人遺憾的是，我忘記要求得到常在的青春。要
是我接受他的愛情，他會答應我青春常在的。但是由於我
的拒絕得罪了他，他就讓我變老。我的青春和青春的活力
早已消失。我已經活了七百個年頭，要趕上沙粒的數目，
我還得經歷三百個春天和三百個收穫期。隨着年齡的增
長，我的身體日益縮小，終有一天，我將小得教人看不
見，但是我的聲音常在，未來的時代將尊重我說的話。"
　　西比爾的結束語暗示了她預言家的才能。在山洞裏，

她慣於把一個個人的名字和命運刻在從樹上搜集來的葉面上，刻過字的葉子整齊地排列在洞裏，她的信徒可以來查閱這些樹葉。但是，如果開門時颳進風來，把葉子吹散，西比爾不會把葉子恢復原狀，神諭便無可彌補地丟失了。

九十九　兩個勇敢的特洛伊人

與此同時，圖爾努斯已經糾集了他那一夥人並進行了一切必要的戰爭準備。朱諾派伊里斯捎信給圖爾努斯，煽動他趁埃涅阿斯不在時突然襲擊特洛伊營地。他按照伊里斯的話進行襲擊，但特洛伊人有所戒備。由於埃涅阿斯下過一道他不在時不許作戰的嚴格命令，特洛伊人靜靜地躺在壕溝裏，抵制了儒圖利人引誘他們走上戰場的種種嘗試。夜幕降臨，圖爾努斯部隊自以為擁有優勢而興高采烈，人人大吃大喝，自得其樂，最後躺在戰場上安然入睡。

特洛伊人兵營的情況大不一樣，人人提高警惕，他們為埃涅阿斯遲遲不歸而焦躁不安。尼蘇斯守衞着營地大門，和他在一起的是風度和人品都在軍中出類拔萃的青年歐呂阿魯斯。他們既是朋友又是戰友。尼蘇斯對他的朋友說：“你看出來了嗎？敵人表現得十分自信和滿不在乎。他們點的燈不多，而且燈光朦朦朧朧。這些人似乎全都醉如爛泥或睡意很濃。你可知道我們的將領迫不及待地希望派人到埃涅阿斯那裏領取信息。現在，我非常想穿過敵人的兵營去尋找我們的首領。假如成功，這一行動的榮譽對我來說就是足夠的獎賞。如果他們認為這種表現還有更大的價值的話，那就讓他們把報償付給你。”

歐呂阿魯斯渾身燃燒着愛冒險的激情，他答道：“難道你還要拒絕讓我參與這行動麼？我已經下定決心跟你一起去。咱們別浪費時間了。”他們把警衞叫來，向他交代了看守任務，然後走向將軍的營帳。他們發現將領們正在磋商，考慮如何把他們的處境向埃涅阿斯匯報。他們高興地接受了兩位友人的提議，對他們大加讚揚，並且答應事成之後給他們最慷慨的獎賞。

兩個朋友離開營地，立即混到敵人中間。他們沒有發現警衞和設置的崗哨，只看到草地和車輛中間到處都是酣睡的士兵。古代作戰的規條並不禁止勇士殺死酣睡的敵人，這兩個特洛伊人穿過敵營時盡力殺傷敵人而不驚動他們。歐呂阿魯斯在一個營帳裏繳獲一個插着羽毛、金光閃閃的鋼盔。他們穿過敵軍隊伍而未被發覺。但是，突然一支部隊正好在他們面前出現。這是伏爾思肯斯率領的隊伍，他們正在逼近兵營。歐呂阿魯斯閃閃發光的鋼盔引起了他們的注意，伏爾思肯斯向這兩人打招呼，問他們都是誰，從哪裏來。他們沒有回答，衝進了林子。這些騎兵向四處散開想攔截他們。尼蘇斯巧妙地躲開他們的追蹤，脫了險。但是歐呂阿魯斯不見了。尼蘇斯又返回去找他，再次回到樹林裏，很快來到人聲嘈雜的地方。他透過灌木叢，看到那幫人把歐呂阿魯斯團團圍住，七嘴八舌地向他提問。他該怎麼辦？如何把這年輕人解救出來？也許不如跟他共赴黃泉？

尼蘇斯抬頭望着明月説："女神啊！助我一臂之力！"他把標槍瞄準對方部隊的一位將領，以致命一擊擊中他的背部，把他打翻在地。乘他們驚異之際，另一支武器又飛過去了，又一人倒地而死。這支隊伍的首領伏爾思肯斯不知道標槍來自何方，便握着劍向歐呂阿魯斯衝過去。"你將為兩位死者償命。"他正要把劍刺進歐呂阿魯斯的胸膛時，藏在暗處的尼蘇斯看到朋友幾遭不測，便向前衝去，大聲喊道："是我，是我，儒圖利人請你把劍調過來對準我！是我投的標槍，他只是作為一個朋友跟着我。"他話音未落，利劍已經穿透歐呂阿魯斯漂亮的胸膛。他的腦袋倒在他的肩上，就像犁頭切下的一朵鮮花。尼蘇斯撲向伏爾思肯斯，一劍把他扎死，他自己也當即死於亂刀之下。

一百　埃涅阿斯的最後勝利

埃涅阿斯和他的厄特魯利亞盟軍及時趕到發生戰鬥的現場，解救了被圍困的軍隊，現在兩軍幾乎勢均力敵，戰爭認真地打起來了。

暴君墨曾提烏斯發現自己在和反叛的臣民交戰時，像隻野獸般勃然大怒。他把敢於對抗的人都斬盡殺絕，所到之處眾人逃之夭夭。他最後和埃涅阿斯兩相遭遇，兩軍靜靜地站立觀看他們鹿死誰手。墨曾提烏斯投了一槍，打中埃涅阿斯的盾牌後往一邊飛去，擊中了安括爾 —— 隨厄凡德爾離開阿耳戈斯到意大利的一個希臘人。埃涅阿斯也投出長矛，一槍穿透了墨曾提烏斯的盾牌，刺傷了他的大腿。他的兒子勞蘇斯見狀況慘不忍睹，便挺身而出衝上前去，他的部下也一湧而上，團團圍住墨曾提烏斯，當即把他抬走。埃涅阿斯收住停在勞蘇斯頭上的劍，遲遲沒有下手。但是，怒火中燒的青年步步進逼，埃涅阿斯只好給他致命的一擊。

這時，墨曾提烏斯被抬到河邊，洗滌傷口，勞蘇斯死亡的消息很快傳到他那裏，憤怒和絕望給了他力量。他跨上馬，衝進戰鬥最激烈的地方，搜索埃涅阿斯。他找到埃涅阿斯，策馬圍着他兜圈子，向他一支接着一支地投擲標槍。埃涅阿斯昂然屹立，用盾牌進行防護，他前後左右移動着以便抵擋標槍。墨曾提烏斯繞了三圈後，埃涅阿斯終於把自己的長矛直對馬頭投擲過去，刺進了馬的太陽穴，馬倒在地上，兩軍齊聲呼喊，喊聲響徹雲霄。墨曾提烏斯並不求饒，他只希望自己的屍體不受到叛逆的臣民的污辱，能和兒子合葬在同一個墳墓裏。他抱着必死的決心承受了致命的一擊，血流如注，嗚呼哀哉。

這些事情發生在戰場的這一端，而在戰場的另一處，圖爾努斯和青年帕拉斯遭遇了。實力如此懸殊的武士進行較量，結局是可想而知的。帕拉斯表現英勇，但終為圖爾努斯的長矛所擊倒。勝利者看到這位勇敢的青年死在自己的腳下，幾乎動了憐憫之心，他沒有使用征服者可以剝奪敗者的武器的特權，而是僅僅取下帕拉斯裝飾着黃金扣子和雕飾的腰帶，繫在自己身上。其他一切都交還給死者的朋友。

這次戰鬥結束後停火數天，使兩軍得以埋葬死者。停戰期間，埃涅阿斯向圖爾努斯提出挑戰：兩人單獨決鬥以決定戰爭的勝負。但是，圖爾努斯迴避應戰。

埃涅阿斯和圖爾努斯終於展開了最後的決戰，圖爾努斯一直儘可能避免這場決鬥，但是，他的軍隊的敗北和部下的閒言碎語迫使他鼓起勇氣決一死戰。結局無可置疑。埃涅阿斯顯然擁有命運的寵愛，能在緊急情況下得到女神母親的幫助——她曾請求伏爾坎替她的兒子鑄造了一副刀槍不入的鎧甲。另一方面，圖爾努斯已為天國盟友所擯棄，朱庇特明確地禁止朱諾進一步給他任何援助。圖爾努斯投了一槍，但標槍從埃涅阿斯的盾牌上彈了回來，沒有造成任何傷害。特洛伊英雄也投一槍，長矛穿透圖爾努斯的盾牌，刺進他的大腿。圖爾努斯頓失銳氣，要求饒命。埃涅阿斯本想饒他一命，但就在這剎那間，埃涅阿斯看見圖爾努斯從被害青年帕拉斯那裏取來的腰帶。他頓時怒火中燒，大聲喊道："帕拉斯將一槍把你宰了當祭品。"說着，他用劍刺進圖爾努斯的心窩。